Young Fu of the Upper Yangtze

扬子江上游的小傅

Elizabeth Foreman Lewis
[美] 伊丽莎白·路易斯 著
赵婷婷 译

Winner of the Newbery Medal 纽伯瑞儿童文学奖作品

山东文艺出版社

图书在版编目(CIP)数据

扬子江上游的小傅/(美)路易斯著;赵婷婷译.
—济南:山东文艺出版社,2014.6
ISBN 978-7-5329-4503-0

Ⅰ.①扬…　Ⅱ.①路…　②赵…　Ⅲ.①长篇小说-美国-现代　Ⅳ.①I712.45

中国版本图书馆 CIP 数据核字(2014)第 059179 号

扬子江上游的小傅

[美]伊丽莎白·路易斯　著　赵婷婷　译

主管部门	山东出版传媒股份有限公司
出版发行	山东文艺出版社
社　　址	山东省济南市英雄山路 189 号
邮　　编	250002
网　　址	www.sdwypress.com

读者服务	0531-82098776(总编室)
	0531-82098775(发行部)
电子邮箱	sdwy@sdpress.com.cn

印　　刷	山东德州新华印务有限责任公司
开　　本	890mm×1240mm　1/32
印　　张	7.75　插页/2
字　　数	135 千字
版　　次	2014 年 6 月第 1 版
印　　次	2014 年 6 月第 1 次印刷
书　　号	ISBN 978-7-5329-4503-0
定　　价	20.00 元

版权专有,侵权必究。如有图书质量问题,请与出版社联系调换。

目 录

001	前言
001	序言
001	第一章　建在山上的城市
013	第二章　万事开头难
033	第三章　枪下偷生
045	第四章　有志者事竟成
063	第五章　贱卖"龙之息"
081	第六章　勇斗火龙
097	第七章　病魔来袭
115	第八章　脚下之辱
133	第九章　洪暴
149	第十章　归谁所有
169	第十一章　骑虎难下
187	第十二章　日久见人心
209	第十三章　好奇心的妙用
229	第十四章　会当凌绝顶，一览众山小

前言

　　《扬子江上游的小傅》最初出版于 1932 年，为庆祝其出版 75 周年，今年再版了《扬子江上游的小傅》。1932 年年底，我出生在中国江苏。故事发生在 20 世纪 20 年代的中国，那是一个军阀割据、动荡不安的年代。在那个混乱的背景下，为寻求一个稳定的中央政府的保护，我的父母不得不到朝鲜半岛暂避，正如小傅故事中的外国女人一样。读伊丽莎白·路易斯的小说就像再一次聆听了我父母所经历的故事，重温我出生之前父母互通的信件。

　　无论是我父母的描述，还是路易斯女士的小说，都涉及了一些特定的主题：多数百姓饥寒交迫、食不果腹，缺乏基本的国民教育；政府统治风雨飘摇，士兵和土匪不仅欺压手无寸铁的贫困百姓，还将魔掌伸向得不到保护的富贵人家；在那个裹脚被视为女性价值标志的社会，女性的社会地位十分卑微；在那个动乱的年代，历来深受尊重与拥护的儒家学者却遭到了军阀的蔑视与冷落。

　　中国——小傅时代的"沉睡的巨人"，现在已经成为世界经济和政治强国。重庆茶馆里那个"义愤填膺"的学生鼓动者最终唤醒了深受压榨与蹂躏的农民，并且引领他们参加革命，经过三十年的艰苦奋斗，终于推翻了摇摇欲坠、腐朽不堪的蒋介石政府，并成了中华人民共和国的领导者。

　　有人会说，一个根植于一百年前的故事，其中一定充满各种稀奇古怪的风俗、信仰和语言，对年轻读者们来说会是一个巨大的挑战。我不这么认为，能够津津有味地读完罗琳和托尔金所写的书籍的人们，同样可以欣赏伊丽莎白·路易斯笔下有趣的故事。她描述的世界充满了异域风情，有助于读者更好地了解中国和中国人民，这是一项我们都应该参与的任务。我向各位推荐这本书绝不只是为了你们能够更好地了解中国，更是因为这是一部充满冒险经历的作品，相信你们会和我一样爱不释手。《扬子江上游的小傅》于1933年荣获纽伯瑞儿童文学奖，不仅仅是因为它从历史和文化的角度精确地描绘了那个年代发生在中国的故事，更因为它是一本经久不衰的优秀作品。

凯瑟琳·帕特森
佛蒙特州，巴雷

序言

要做到真正地理解和欣赏书中所描绘的一个国家的风土人情、人文风貌,大致了解这个国家的历史以及人们的生活方式、思维方式,也就是说了解一个国家的文化是一件非常必要的事情。这一点非常重要,尤其是对中国来说,它是世界上最古老的国家之一,对中国的文化有一个大致的了解是读懂中国故事的一个前提条件。

秦始皇是中国的第一位皇帝,几千年前一统中国——确切地说,他的王朝始于公元前220年,终于公元207年。那个时候,中国并不是一个国家,而是六个国家并存的状态,六国想要和平共处,但是常年征战不断。在秦国有一位野心勃勃、年轻气盛的国王,他发动了对其他国家的战争,经过长年征战,最终一举统一了全国,成为中国历史上的第一个皇帝,开始统治这个幅员辽阔的国家。

秦始皇之后几个世纪,中国的格局一直比较稳定,一个朝代取代另一个朝代,沿袭着帝王制度。中国历史上曾两次遭到外来侵略,但是都被中国人民勇敢地击退了。朝代交替之间,总会有一个混乱纷争的阶段,正是在这个阶段,我度过了自己在中国最长的时日。三月大的时候,父母将我带到中国,一直到四十多岁我才离开这片土地,伊丽莎白·路易斯笔下的小傅正是这个阶段的人物。

这是一个什么样的年代呢？这是一个充斥着革命、挣扎和战争的年代。慈禧太后去世，争夺帝王宝座的竞争者们纷纷起义，各自拥军，相互讨伐。这些英勇无畏、野心勃勃的竞争者们被称为"军阀"。在这军阀混战、土匪横行、流氓猖獗的年代里，百姓的日子自然是苦不堪言，他们的日常生活和商业活动总是受到各种干扰，得不到任何保障。土匪和士兵之间几乎没有什么区别，他们都给百姓的生活带来种种威胁。百姓们可能会死于家中，死于店铺里，人身安全得不到保障，只有贫困至极的人才是安全的，不用担心被杀害。

伊丽莎白·路易斯笔下的小傅，就生活在慈禧太后去世后的那个极为动荡不安的岁月里。在那个混乱的时代，小傅尽自己最大的努力去做一个诚实、勤奋的人，我们透过小傅的故事看到了一个充满艰辛、危机重重的社会。只有知晓中国的过去，我们才能够更好地理解现在这个广袤、复杂的中国。扬子江上游的小傅的故事就是现代中国的序言。

赛珍珠

佛蒙特州　丹比

1972 年 10 月

第一章
建在山上的城市

小傅站在重庆市椅匠路逼仄的马路牙子上，探头张望，面前是戴老板两层楼的出租房。站在门口的是他的母亲——傅大婶，一边指挥着搬运工摆放她从家里带过来的各色家什，一边忧心忡忡地检查从她身边经过的每件物品。她也确实累坏了，在崎岖的乡村小路上颠簸了一天，又在拥挤的货船上晃了两天，好在家具大都没什么损坏。但对小傅来说，更多却是新奇，几日的旅途就像滔滔的长江水滚滚而去，他被眼前不断变化的景色和形形色色的面孔深深地吸引了。由于土匪猖獗，旅途中一直担惊受怕，而这也恰恰给旅途增加了另一种乐趣。当重庆市高大的城墙在远处若隐若现时，他忽然觉得自己心中所有的梦想都要在这里实现了。

　　突然一声喊叫，小傅循声望去，原来，一个挑夫将猪皮箱子放下时，正好砸在了一个路人的光脚上。霎时间，两个人气红了脸，互相咒骂起来。

　　"你这个死猪头，没长眼睛啊？"

　　"那你呢，狗娘养的，没看见我在放箱子么？"

　　"你放你的箱子，关我屁事！你祖宗十八代都是扫大街的啊，不知道箱子该放哪么？"

　　"你祖宗是猴子吧，上蹿下跳，好狗不挡道！"

　　那挑夫与周围重庆人的装扮颇为不同，脑后拖着一根长长的辫子，一半是真的，一半是用假发编的，用绳子接在真发上。不等他骂完，路人便一个箭步冲上去，抓住他的辫子，使劲一拽，辫子断成两截，被他拿在手中，众人哄然大笑。那挑夫恼羞成怒，抓起扁担就要打，还没打下去，街道上突然又传来一阵喧闹声，大家都扭头望去，那路人便乘机溜走了，消失在拥挤的人群中。

一顶镶金的、装饰华丽的大红婚轿穿街而过。垂悬的锦缎轿帘后面，坐着一个年轻的新娘，正被簇拥着向新家奔去。婚轿后面跟着浩浩荡荡的送亲队伍，手里举着上了彩漆的托盘，盛放着烤家禽、糖果、蜜饯、蚕丝被和硬漆枕，还有人挑着好几箱封好的衣服和家具——这些都是丰厚的嫁妆。当送亲队伍的尾巴消失于街道中时，那愤怒的挑夫已经把辫子编好了，弯下腰，捡起扁担，重新开始工作了，好像什么事情也没发生一样。

傅大婶如释重负地松了一口气。过惯了乡村平平静静的日子，城里的嘈杂喧闹她一时还适应不了。但是为了儿子的未来，她必须忍受和习惯。

而小傅呢，对母亲这几日的焦虑一无所知，完全沉浸在自己的兴奋和喜悦之中，他的心情倒是十分舒畅，长长地松了一口气：没想到自己真的来到了大城市，来到了重庆。在他的村子里，谁一辈子能来重庆一次就算是人生中了不起的事了，每每说到在重庆的所见所闻，必是唾沫四溅，滔滔不绝。

"巷子很宽，街道两旁，店铺林立，里面要什么，有什么。"一天晚上小傅听客栈老板这样说道，"那儿的人可真多，成千上万的，挤在一起，没办法，只得把房子往上盖，才有得住。三百六十行，行行都有人做。得空儿就去茶馆啊、剧院啊找乐子去。"这时，有新顾客进门了，客栈老板停了下来，一边招呼客人，一边用探询的目光扫向那些听得目瞪口呆的众人。"我说诸位啊，"他问道，"像我们这样的农民和小老板哪有时间出去找乐子？不用说，住在那里的市民真是八辈子修来的福气啊！"

确实是这样！重庆市坐拥一片江水，是偏远西部的一个港口城市，地理位置极其特殊，西面和北面是高耸入云的喜马拉雅山脉和神秘莫测的西藏地区；南面是通行数世纪之久的贸易航线，连接着印度支那、缅甸和印度半岛；东面是重庆的主干道也是它的生命动脉——扬子江，几千里路途，绵绵不绝，千回百转，直达上海，将浑浊的江水源源不断地送进蔚蓝色的太平洋。

重庆也是个古老而又阴郁的城市，它大开门户，让各色商户像潮水一般涌进涌出，攫取每一个繁荣发展的机会，将各种财富机遇据为己有。它所占据的财富甚至在中部最富有的省份四川也是排得上名次的。而相对应的，是许多不为人知的贫穷和黑暗。想到这里，小傅不禁心跳加快。他，傅云发，年仅十三岁，就来到这个繁华的都市，站在千万条街巷的一角，看着挑夫们将他熟悉的各色家什搬进房间，从此，他和母亲就要在这座城市安身立命。

傅大婶可没有他此刻的豪情壮志，这他是知道的。因为要离开她生活了大半辈子的农场，一连好几个星期，傅大婶都在暗自垂泪。自从小傅父亲离世之后，她变得无依无靠，不知道该向谁寻求帮助。公公也在几年前就死了，家中连个主持大局的人都没有。在这样一个乱世，你再怎么老老实实地耕田种地也无法安稳度日，对于这对孤儿寡母，就更加艰难了。每每想到这，她就啧啧地陷入沮丧和忧愁之中。

再后来，就在她几乎绝望，看不到未来之时，村长告诉她眼前就有一个机会，重庆的一个铜匠师傅——唐老板正好在招学徒，小傅可以去顶这个空缺。在她的央求之下，村长和唐老板通了信，答应让小傅过去做学徒，小傅也欣然同意了。去陌生的重庆开始新的生活并不是她想为自己或者儿子选择的，她只是没有办法，不得不走这一招棋。除了那几件少得可怜的破旧家具，她只有一点点现钱，和她的嫁妆——几只银簪和手镯，这可以让他们到了重庆后暂时免于饥饿。

扬子江上游的小傅

一张红漆方桌、一条长凳、几卷被褥，还有一些厨房器皿已经在房间里摆放齐整。傅大婶已经提前将说好的价钱付给了挑夫们，完工后，挑夫们却开始你一言我一语地抱怨起来，说钱给得太少，傅大婶只当没听见。

"这钱不够啊！讲价的时候不知道东西有这么重，比我们想象中的要重一倍多呢！我们搬来挑去的，忙活了一天，也累了一天，你再加两百文！"

"两百文！"傅大婶嚷了起来，"你以为我是官老爷的寡妇啊！价钱是之前说好的，现在想反悔？那是你们自己的事情！别在这跟我扯皮！"说着，挥手把他们赶了出去，自己进了屋。

挑夫们边走边抱怨，消失在巷子里。小傅叹了一口气，没了刚才的兴奋劲儿。突然，他发现自己住的是一楼而不是二楼，不用跑上跑下的，便又转忧为喜了。如果住在楼上，你就得从后面的梯子爬上爬下的。对于小傅这样的人来说，其实也没什么，他们早就习惯爬到自家房顶整理被大风吹乱的瓦片。只是这种住在半空中，在别人头上踩来踩去的感觉总让他们觉得不踏实。而他母亲呢，还缠着足，她那三寸金莲也只能跨跨门槛，再高的台阶可就不行了。要是天天爬上爬下的，就真够她受的了！

小傅站在屋里四处打量。他们住的这间屋，四周的墙都涂上了灰泥。在他们农村，只有旅馆的内墙会涂上灰泥，因为灰泥的材料要比一般土墙贵得多。如果有人在自己家的外墙上刷上灰泥，那无疑是在宣示众人：他们是有钱人。小傅在乡下住的房子外墙也是刷了灰泥的，房顶还铺了瓦片，这一直是他引以为傲的事情。可惜，那都是在他爷爷那个年代造的房子，有那么一小段时间，天下还算太平，人们只要对付变幻莫测的天气就行了。可是，到了小傅父亲这一代，战争爆发了。父亲倒是比祖辈们更加勤劳，可是，在这兵荒马乱的世道，行军队伍们随意践踏脆弱的幼苗，在村子里安营扎寨，趁机夺取村民们一年的丰收成果，谁还能有好日子过呢？士兵一来，家禽牲畜都被洗劫一空，士兵前脚刚踏出门，土匪后脚就跟了进来，日子根本没法过。

"么得法！"小傅父亲用他那充满特色的土话感叹道。这是他们村特有的土话，与周围的城市居民的口语区别开来。"么得法！"村民们，一次一次地遭受打击，又一次一次地重新播种、耕种，重拾希望。小傅从六岁起就跟在父亲后面下地干活，见证了他父亲从一个朝气蓬勃、乐观开朗，一看到小傅在身边傻乎乎的劲儿就开怀大笑的男人，面对生活的艰辛和磨难，变成了一个驼背、沧桑、不张嘴、不爱笑、脾气古怪的老头儿，一旦张嘴，不是咳嗽，就是骂人。至少现在，来到了重庆，他们不用再为耕田种地的事情发愁了。

傅大婶的声音打断了他的思绪。"你除了发呆就没什么事情干了么？这地方有什么好看的啊！"

小傅开始去解开篮子上的绳子。"这里的墙都涂着灰泥呢！"他颇为得意地说道。

傅大婶撇着嘴，说道："这是自然了，这里的房子一间挨着一间，挤都挤死了，再不用点比土坯好的材料，能行么？这墙里面肯定是竹子或者木头，真不是人住的地方！这墙上都是裂缝，隔壁有什么动静，我们都听得见，我们这边有什么情况，那边也全知道。啊，还有耗子洞！咱们得把吃的藏好，不然全便宜这些耗子了。还有，这灯也太暗了，屋里还有一股怪味儿。"她走到后面，贴着墙上的裂缝往外瞅，继续说道："天啊，这才是我最担心的事，房东竟然在后院养猪。"

不一会儿，房间就被收拾得井井有条了。晚饭做好了，蜡烛也点起来了，各种奇形怪状的影子投在斑驳的墙壁上，黄铜水壶也在烛光下散发着柔和的光，这可是傅大婶的宝贝。浓妆重彩的灶神头像端端正正地贴在烟囱上那个固定的位置，灶神爷的脸被烛光照得更加通红了。这位神仙，表面看起来面目和善得很，据说在过春节的时候喜欢去天庭打小报告，所以，每家每户都把灶神头像放在墙上最尊贵的位置，小心翼翼地供奉着。

小傅无精打采地吃着饭，把饭碗贴到嘴边，用筷子往塞得满满当当的嘴巴里扒饭。饭后，一杯热茶又唤起了他的热情，他听到大街上传来一阵一阵的喧闹声，便起身，悄悄地溜出了大门。

天快黑了，椅匠路上的人们都在忙着做晚饭了。挑夫们肩上背着空荡荡的担子，晃悠悠地走在大街上；叫花子们不停地乞求着；妇女们在赶着手头上最后的活计；孩子们你追我赶，小狗狂吠不止——逼仄的小街道显得那么热闹和拥挤。街上的椅匠铺子——这条街正是因为这些铺子而得名——正准备关门，将门闩卡在槽子里，这让他们和外界的闹腾隔开来了。茶客们纷纷涌进热水铺，买些烧开的热水泡茶吃。如果想自己烧水，那可就花费大了，又得买冷水，又得买木炭，还不如去热水铺买现成的。

小傅看着这一切，满心的欢喜。眼前这场景和来过重庆的人口中所描述的一模一样。明天小傅就要去铜匠师傅唐先生那里做学徒了，他想，等有时间，他也要去泡泡茶馆、逛逛戏院。在这样的大城市，消遣娱乐的钱应该不难挣。想着想着，他还真有点可怜那些村子里的玩伴了，他们现在大都已经在父母的陪伴下睡着了，而这里的人们还在忙活着晚饭呢。村子里没有这么有趣的场景，唯有被一阵阵蛙鸣和几声犬吠打破的深深的沉寂。

"太好了！"他轻声说道，"我一定会在这里发大财、行大运！"

"是么？"一个声音突然响起，小傅吓了一跳，只见一个身材颀长的老先生站在他身旁。无疑，这是一位很有学问的读书人。尽管衣衫有点破旧，但是他的脸上洋溢着优雅睿智的神情，即便是小傅这样没读过书没见过世面的小孩子也看得出来，他是一位饱读诗书的有学之士。老先生交叉着双手，露出足足两寸多长的小指甲，这更能说明他不是个靠体力活吃饭的人。接着，老先生诡异地一笑，重复道："你真的这么想吗？来到这里，你就能够行大运、发大财么？"

自己不经意的一句话竟然被这位老先生听见了，小傅一时羞愧得满脸通红，向老先生行了三个大礼，结结巴巴地回答道："尊敬的先生，我刚来这儿，没见过什么世面，这里的繁华让我觉得很惊奇！"

老先生点了点头，表示理解。"你还年轻，觉着城里新鲜，这是自然的。但是，你能行大运发大财不是因为你来到了这个风水宝地，而是因为你年轻，有闯劲儿！你大概是从农村来的吧？"

小傅又一鞠躬。"什么都瞒不过您，尊敬的先生。"刚开始那会儿的不自在渐渐地消失了，要知道，他长这么大，还从来没和这样一位有学识的老师私下里聊过呢，这大概也是生活在重庆这样的大城市里的好处之一吧。他又毕恭毕敬地聆听了老先生下面的教诲：

"面朝黄土背朝天，无甚纷扰，无甚纠葛，如此美好的生活，你在城里是找不到的，有的只是熙熙攘攘，名来利往。像我这样的老骨头，行将就木，没有多大的抱负，只想多见见阳光，舒舒筋骨，可总不能遂愿。你还年轻，一腔热血，自然不会有我这样的想法。"老先生的眼里闪过一丝幽默的光芒，"而且，我瞧着你这个孩子，就知道你肯定长寿。"

小傅津津有味地听着，入了神，严肃地点了点头，忽而明白老先生是在拿他开玩笑。于是，平日里大大咧咧的性子冒了出来，他咧嘴一笑，回答道："老先生您所言甚是！"

"我说的是事实。"老先生接着说，他还沉浸在那股热乎劲儿中，"你恐怕从来没有体会过，趁邻居家的水牛毫无防备偷袭它的刺激，在稻田间滑溜溜的小径上猛推一下小伙伴的滋味，你肯定没有用甘蔗和西瓜子戏弄过你的母亲，没有在背后挖苦过你的长辈们。"

小傅努力保持严肃的态度，但听完老先生的描述，还是忍不住哈哈大笑起来。拿他开玩笑的老先生也微微一笑，接着严肃地问道："你叫什么名字？"

"我姓傅，叫傅云发。"

"你和你家人要住在这里，是么？"

"我和我母亲相依为命。"小傅想起那些心酸的往事，脸色不由地黯淡下来，"我父亲已经去世了。"

老先生的眼中闪过一丝同情，一时也找不到话来安慰他。

"那么你要养活你的母亲了？"

小傅自豪地回答道："明天我要去给一个姓唐的铜匠师傅做学徒，我会非常努力的，不让母亲再受苦受累。据我所知，唐师傅是重庆市非常有名望的人，先生您对他应该也有所耳闻吧？"

"唐师傅之名，如雷贯耳。他是一位赫赫有名的工匠，凡是刻有他名字的铜器，价格都比同类产品高出好几倍。能师从于他，是你三生有幸啊。"老先生欠了欠身子，"老朽姓王，是个浪得虚名的秀才。我就住在二楼，要是哪日碰到什么困难——像你这样来自农村的年轻人，应该是常有的事——尽管来我的房间找我。"话毕，威严的老先生便起身走到后面，踩着咯吱咯吱的楼梯，回了房间。

街上渐渐安静下来了。人们各回各家，店铺也打烊了。突然一阵嘈杂声打破了夜晚的寂静。四个身穿制服的轿夫抬着一顶精美的轿子，拐过街角，摇摇晃晃地沿着逼仄的椅匠路往前疾走。"让开让开！"他们大声喊道，"不要挡着洋人大老爷的路！"几米开外的马路牙子上，一个女人尖着嗓子喊道："洋鬼子！是洋鬼子！"她的孩子紧紧攥着她的手，吓得把脸藏进母亲的衣服里，嗫嚅着："洋鬼子！洋鬼子！洋鬼子！"

小傅激动起来。轿子里竟然坐着个洋鬼子！他还从没见过洋人长什么样呢！据说，他们来自一个非常非常遥远的地方，比中国最遥远的地方还要远得多呢！这一切都让小傅又新奇又困惑。在他们村子里，大家都一致认为，中国的尽头就是世界的尽头。这些洋鬼子只不过是另一个种族里的野蛮人而已。小傅还听说，中国和洋鬼子的国度中间隔着汪洋大海，只不过，海是个什么样子，小傅就不知道了，大概就和嘉陵江差不多吧，肯定是没有扬子江那么浩瀚那么宽广的！在小傅心中，扬子江就是天底下最伟大的江河了！在重庆，洋鬼子是一道很常见的风景。小傅决定抽个时间亲眼看看洋鬼子到底长啥样。这些一连串出现的新场景让小傅兴奋不已。在家乡，村里人说的还不及他今天看到的一半呢。

傅大婶在屋里喊他了，小傅仔仔细细地把门关好了，转身进了屋。"我刚才在外面和一个很有学问的老先生聊天呢，他就住在二楼。一分钟前，我还看到一个坐轿子的洋鬼子走过去呢，可惜天太黑，没看清他长什么样子！"他无不遗憾地说道。

傅大婶扯了扯被子，懒懒地打了几声哈欠："堂堂一个秀才，他哪有什么闲工夫和你这毛头小子瞎扯？不过呢，你倒可以好好跟人家学学！至于洋鬼子，据说，谁和他们打交道，恶鬼就找上谁！你给我记住了，好奇心会害死你的！快睡吧，明天我们还要起早去拜见你的师父。"

第二章
万事开头难

傅大婶再一次叫小傅起床的时候，天还是黑蒙蒙的。"干吗呀？"小傅睡眼惺忪地问。

"快起床吧！寅时都快过了，我们搬到城里不是来睡大觉的！"

小傅坐了起来。"但是现在天还没亮呢！"他把被子拉到肩膀上，"妈呀，真冷！"

"早起的鸟儿有虫吃！早就听说，重庆的坏天气是出了名的差。"她哆嗦着说，"确实很冷！"她把大门打开，往外瞅了瞅，"还下起雨了。"

小傅边打哈欠，边挣扎着穿上外套。傅大婶已经在厨房的大灶前忙活开来了。她一边往火里添柴，一边揉着被烟熏得睁不开的眼睛。今天的早饭是硬泡米，加上些热水，泡着吃。用完早饭，母子俩换上最好的衣服，出门前往铜匠铺子。

大街上，蒙蒙的烟雨渐渐地散了。来来往往的轿子上依然挂着明亮的灯笼。一个男人提着一盏小油灯急急忙忙地赶路，玻璃灯罩被雨淋得湿漉漉的。小傅紧盯着那人手中的油灯，很是诧异，在这样的雨天，一盏没有盖子的油灯还能烧得那么旺那么稳。重庆果然和农村不一样。

唐先生的铺子已经开工了。母子俩毕恭毕敬地站在店铺门口，看到店铺货架上整整齐齐地摆放着日常器皿——托盘、水壶、罐子、花瓶、火盆，还有水烟管，几乎所有可以用白铜、黄铜和赤金铜制造出来的东西，货架上都应有尽有。一个学徒正在擦拭器皿上细小的灰尘，账房站在柜台后面噼里啪啦地打着算盘，一会儿，放下算盘，拿起一支驼毛笔，在砚台上懒懒地沾了一下墨水，在账本上写了几个字——一抬头，便看见店铺门口站着的傅家母子。

账房走过去问道："二位想买些什么东西？"

"劳烦把这个交与你家主人。"傅大婶拿出一个又长又窄的信封。

账房接过信封，转身交给了那个擦拭铜器的小学徒，"小邓，把这个拿给老爷。"

那个小邓接了信，把鸡毛掸子丢在一边，转身向里屋走去。转身的一刹那，他用一种嘲讽的目光向傅家母子俩扫了一眼。小傅顿时手足无措起来，脸也刷地红了。他抬抬下巴，指了指里面的一张桌子和两张椅子，对母亲轻声说道："我们进去坐一会吧。"

傅大婶摇了摇头："这不合规矩，我们是来找活干，不是来买东西的。"

大约过了一个小时，一个年长的男人走了出来，客客气气地招待他们。后面跟着的小邓，眼睛一眨不眨地盯着这新来的应聘者。傅大婶走上去，向唐老板说明他们的来意。

"文村长信里说的男孩子就是他么？"

傅大婶欠了欠身子，算是回答了。

"多大了？"

"十三岁零七个月。"

"比我希望中略微大了一点。不过，我看着这孩子长得还算结实，做学徒就得身强力壮些。"突然，他提高了嗓门说，"起得也挺早，还算勤快，在这儿可没有那么多懒觉给你睡。"

话音刚落，那个躲在唐师傅身后的小邓一溜烟地跑了，知道师父是在说他懒，立马去找鸡毛掸子拂灰去了。小傅忍住没笑，

第二章 万事开头难

可以确定的是，这位唐师傅是个明察秋毫的人，什么都别想瞒过他的眼睛。傅大婶小心翼翼地问起了做学徒的规矩。

"要按以前的规矩，学徒要做满五年才能出师，但是现在是战乱时期，情况不一样了，我现在的两个学徒三年就可自立门户了，你的儿子既然来了，也按这个规矩办，我这儿包吃包住，你们自己解决穿衣问题，学徒期满之后，他能有多大本事赚多少钱全凭他自己了。"

傅大婶点点头，和预先设想的差不多，不过她还有一个小小的请求，"我一个老婆子，孤零零地一个人住，能不能通融一下让小傅晚上回自己家过夜？"

唐师傅想了一下，说："这个倒可以商量，但是他必须早上卯时到店里，晚上得一天的工作都完成了才能回家。"

傅大婶连声谢过唐师傅的通情达理，并保证一定督促儿子每天准时来上工。

"拿份合同过来！"唐师傅吩咐账房。不一会儿，合同就拿过来了，他把合同上的条款大声地读了一遍。"拿笔来！"他对账房说，然后转向傅大婶。"你儿子姓什么告诉他，他来替你写。他的姓是'幸福'的'福'还是'付出'的'付'？"

傅大婶怯怯地说："回老爷的话，是'师傅'的'傅'，十二笔的那个字。"

唐师傅和账房吃惊地看着她。"原来您识字啊？"唐师傅问道。

傅大婶摇摇头，表示否认。"不，我只是个愚笨的乡下农妇，只是我那过世的丈夫略微识得几十个字，他教过我如何识得家里人的名字。"

小傅注意到账房刚才那惊讶的神情立马没了，又换上一副鄙夷的嘴脸。小傅又气又恼,母亲能认识自家的姓氏自然是好的,要是还能写出来那就更好了。从他们刚才的反应可以看出重庆人对能写会算的人是十分尊重的。在他们农村,根本没人去谈论读书识字的事情,耕田种地的事情已经够农村人忙活的了,哪有闲工夫去想读书的事啊!他们村子太小了,连个私塾也没有,即便有,人们也不舍得让孩子不干农活,去私塾读书啊!哦,女孩子倒是有时间,但是,谁又舍得花那个钱去供一个女孩子家读书呢?

每逢村里需要寄信,村长就用几句粗俗简陋的话语来概括一下事情的来龙去脉。不过那些古书上的谚语俗语倒是一代一代地传了下来,成了村民们的口头禅。偶尔会有一个云游四方的说书人出现在村里的小客栈,给来往的客人说上一段流传几百年的传奇故事。小傅的父亲也带小傅去听过几回书,不过那都是战前的事儿了。仗一打起来,大家都没了好日子过。那一两次听书的经历是小傅唯一和书本有接触的机会。小傅立马做了个决定:他不要做一个愚昧无知的人,他要想方设法学会读书写字。

签完合同,画好了押。傅大婶轻声嘱咐小傅道:"人家说什么你都要仔仔细细地听着,多听少说,会听才能学得好,我看得出来,你这个新师傅是个明白人。"唐师傅把目光扫向他们的时候,傅大婶立刻打住,转了话题,"记得我们早上来的路么?先左拐两次——"

小傅点点头,打断她的话:"我认得路。"说完,默不作声地等在一旁,看着母亲行了礼离开了铺子。

大街上的浓雾已经散开了,傅大婶饶有兴趣地看着两旁的街道。因为裹足,她走得很慢。雨后的路上满是积水,松软的石阶上满是泥泞,一脚一个打滑。在重庆,街道总是会被这一级一级盘旋而上的石阶给阻断，因为重庆市盘旋在崇山峻岭之上，身下是川流不息的嘉陵江和险象环生的长江。

　　傅大婶眼下没什么事情做，得赶紧找点活儿维持今后的生计。城里的花费很高，光是租下戴老板的房子，一个月就得花去傅大婶半个银元。除了房租，还要吃饭。唐师傅可以包吃包住，傅大婶真是感激不尽。她自己一个人也吃不了多少钱，只要有碗粗米饭，间或来点最便宜的青菜，她就心满意足了。除非是逢年过节，否则她平日里是从来不沾荤腥的。泡茶也极少用名贵的茶叶。现在，母子俩身上穿的衣服还能再撑上一段时间，等到破得不能穿的时候，她再去窃贼巷淘点布料来自己做，那里的布料都是别人偷来贱卖的赃物，便宜得很！

　　街道旁的店铺生意都很红火，但是大都只雇用男人。突然，一阵叽叽喳喳的说话声引起了她的注意，只见一群妇女挤在一间屋子里，埋头挑拣着长短不一的猪鬃毛，把它们捆成一束。傅大婶心里估摸着她们可能缺人手，问问也无妨。果然，她很快被告知明天就可以来上工，头三天学会如何把猪鬃毛归类，然后一天工作十二个小时，赚十个铜板，一直做到大暑。质地又粗又硬的鬃毛最好卖，但是一到夏天就不行了，也就意味着傅大婶到了夏天就没活干了，但是她现在顾不了那么多了，船到桥头自然直，到时再想其他办法。

　　在铜匠铺里，小傅被带到最里面的屋子，准备学习制作铜器的第一道工序——控制火候。他不久就发现，控制火候这活儿虽然大家都不想干，但却是铜器整个制作工程中最重要的一环。烧火的人若要把火温控制在一个恒定的温度，就必须时时刻刻盯着炉子。必须定时添加燃料，如果炉火一时旺不起来，就得用风箱把它吹旺。工匠们把铁片放在炉火上加热锤打，小傅就趁着看炉子添加燃料鼓动风箱的间隙，跟在师傅们后面学点东西。

把小傅算在内，店里总共有五位工匠，小傅很快就熟悉了他们的名字。老祖师傅，是店里的二把手，地位仅次于唐师傅，岁数有点大，个头也很矮，满脸的皱纹。他是个风趣的人，总爱逗大家笑，小傅离得远，听不太清老祖师傅的话，但是，只要他一开口，旁边的人一准是兴致高昂，哈哈大笑个不停。站在小傅身边正在铁板上锤打铜片的是陆师傅，他五官分明，身材颀长，小傅长这么大还没见过这么高个的男人。如果老祖师傅和陆师傅恰好站在一起，那一高一矮的对比别提有多滑稽了。不过这两个人在店里的重要性却是旗鼓相当的，唐师傅对他们二人的倚重是显而易见的，店里的大小事务大多由他们二人说了算。账房和学徒负责接待顾客。小傅第一天来上工，那个叫小邓的男孩子就特意跑进火炉房，不怀好意地看着他。

"依我看啊，你来这之前除了种田，其他啥都不会吧！"小邓一边问，一边轻蔑地笑。

小傅没理他，他正在摆弄一块烧得通红的炭，热得汗流浃背。小傅一直觉得没必要去搭理这个小邓，至于其他人，时间会说明一切。

吃中饭的时候，小傅照例体验到了所有新学徒都要经历的第一个下马威。也不管小傅在不在场，几个老工匠开始谈论农村人和城里人的区别，一个人起了头，其他人立马来了劲，七嘴八舌地聊了起来，丝毫不顾忌小傅的感受。

"农村人十之八九都是笨蛋！"

"是啊，但是，笨点还是可以原谅的。最难以让人忍受的是他们的长相，脑袋圆得像萝卜，手和脚足足大正常人一倍。"

"每次碰到他们，我都在想，老天啊，干嘛让我长鼻子呢，农村人身上一股大粪的味道，别说靠近他们了，巴不得跑得远远的。"

"他们的衣服都是破破烂烂的。"

"口音也很老土！"

大家一边你一言我一语地嘲讽着乡下人，一边还偷偷地往小傅这边瞄，观察他的反应。不管谁说了什么，其他人总是点头附和。老祖先生虽然话不是很多，但是一开口总是比其他人更加尖酸刻薄，小邓在一旁模仿着老祖先生说话的腔调，两人一唱一和地引得大家开怀大笑。

小傅又羞又恼，但是他心里又清楚，这些寒碜人的话大多是真实的。他身上穿的裤子和短外套确实让他看起来和别人很不一样，他说的方言里也确实有很多字词是别人无法理解的。而他自己呢，要竖起耳朵才能听清别人拐弯抹角的讥讽。他强忍着内心的痛苦，心想自己的脑袋大概真如他们所说，圆得像萝卜吧，下次走到池塘边，他要好好照一下，看看是不是真如他们所说。此时此刻，小傅饥肠辘辘，但是那香喷喷的米饭却如鲠在喉，难以下咽。他真想马上卷铺盖回到那个他昨晚还在庆幸自己已经离开了的乡下，总好过在这儿受辱。这时，小邓的声音又响了起来，小傅强迫自己把米饭咽了下去，他不想让这些城里人看出自己此刻的难堪和痛苦。

唐老板的出现让小傅稍稍松了一口气。唐老板坐了下来，吩咐小邓给自己盛饭。老祖先生眯着眼睛，装模作样地说道："我说老板，盛饭这种事儿您还是使唤我来做吧，像他这样尊贵的少爷，可干不了！您不知道，您不在这会儿，他已经口若悬河地说了多少至理名言，真是字字珠玑啊！我以前没发现他这么能说会道、伶牙俐齿，是块做生意的料！您要是跟小邓合个伙，保准能够发

第二章 万事开头难

大财赚大钱！"

听到这里，唐老板和众人都哈哈大笑起来！小傅也一时忘了自己的难堪，抬头看起了小邓的笑话。大家聊着天，很快把话题转到了政治上，大家言辞激烈，辩论着如果现在的这位督军大人吃了败仗，重庆的局势会发生怎样的变化。

过了一会，陆师傅吩咐小傅去收拾碗筷。小傅把碗摞在一起，端到后屋的一张桌子上，又折回来烧水。他把烧开的水往一块又脏又黑的抹布上一倒，拿起碗筷洗了起来。正当小傅把洗好的碗筷整齐地摆放在架子上时，身后传来一个男孩的声音："给我拿个碗！锅里还有饭么？"

"饭多的是呢！"小傅转过身，只见一个他从没见过的男孩站在身后。

新来的男孩用袖子擦了擦脸上的汗水，"那太好了！快给我来一碗吧，我都快饿死了！你就是那个新来的徒弟吧！你叫什么名字啊？"

"我姓傅！"

"我姓李。"说着便把饭往自己嘴里送。

小傅没有再继续和他搭话，但是他看得出，这个小李和其他人不一样，一点儿架子也没有，或许没事的时候可以和他说说话，逗逗乐。正在这时，高个子陆师傅走了进来，他用钳子夹着一块铜片，伸进火里去加热。然后把钳子放好，对小傅说道："等小李吃完饭，你和他一起把这箱铜壶送到客人家。箱子太沉了，他一个人拿不动，正好你也可以熟悉一下城里的环境。"

等小李吃完饭，他们便找来棍子，一人抬着一头，把箱子挑了起来。小傅不久就掌握了挑夫们惯用的那种顺着箱子摇晃的节奏前进的步伐，小李则负责在熙熙攘攘的人群中开出一条道来，一路吆喝:"让一让!让一让!我们挑着黄铜呢!"

小李个子不高,但是年长于小傅,看起来很随和,没什么架子,又极爱问问题。

"你老家在哪啊?"

小傅犹豫了一下,如果告诉小李,没准儿他也会嘲笑他!不管了,让他笑去好了!说出生自己养自己的家乡没什么好惭愧的!

"我家住在三塘村,就在图托镇附近。"小傅没好气地回答道。

"我爷爷也是个农民,"小李对小傅说,"可是到了我爹这一代,就搬到了重庆,不过,我们并没有把重庆当做家乡。这年头战乱不断,子弹不长眼,待在城里好歹还有坚固的城墙遮挡一下,总比乡下好,到处都是土匪和士兵。"

"这倒没错!"

"不过嘛,"小李接着说,"我爹可怀恋以前种地的日子了,这我也可以理解。去年春天,我们出了一趟城,到三家寨村那里转了转,那儿可真漂亮,还很干净!田里长满了水稻和荠菜,田埂上小草长得郁郁葱葱的。我总想着有一天,可以渡过扬子江去那边的山上玩玩,站在山的最高处,据说可以看见很远很远的地方,甚至可以看见贵州和云南呢!要是天阴多云,就不好说了。"

小傅心里对这个伙伴生出了些暖意。这时,两顶轿子迎面走来,巷子太狭窄,小傅和小李赶紧抬着箱子避让,紧贴着路边的围墙站着,给轿子腾出空来穿过。两顶轿子上坐着的一看就是阔气的老爷,好像还彼此认识,匆忙路过时彼此都挥了一下手中的扇子,算是打了个招呼。这也算是示意一下,彼此都在赶时间,没有时间停下来寒暄。

两顶轿子走过之后,小李和小傅继续抬着箱子摇摇晃晃地赶路。

"你现在住哪啊？"小李问道。

"在椅匠路。"

"我家住在鸡街，但是，我平日里都睡在铜匠铺的顶楼上，你应该是睡在我旁边的吧！"

"本来我也是要住铺子里的，但是我娘一个人住，怪孤单的，她早上跟唐师傅说了，请他允许我回家睡觉。"

"这不合行里的规矩啊！"小李瞪大了眼睛，惊讶地说道，"不过，唐老板给铜匠行会出了很多钱，他的权利也大，可以按照自己的喜好来处理问题。"小李叹了一口气，接着说道："我估计你也看出来了，小邓那家伙就是个讨厌鬼！他也只是个学徒，却记不住自己的身份，两只耳朵就知道往权贵那边竖着！"

小傅非常感谢小李善意的提醒，他也放下警惕，坦诚地说："那个小邓巴不得我不在呢！"

小李若有所思地看了看小傅，说："他今早一定跑去挖苦你了，是不是？他家里的一个堂弟也想来给唐师傅做学徒，但是唐师傅没答应，养个像小邓这样的人在店里就已经够倒霉的了，再来第二个，那可不行！我亲耳听唐师傅这么说的。你来顶了小邓亲戚的空缺，他是不会轻易善罢甘休的！"

小傅他们回来的时候，已经是下午了。送了这一趟货，小傅心里有了些底气，因为有了一个朋友，其他人都随他们去吧。他们前脚刚跨进门槛，唐师傅就大声地向他们喊道："你们两个小东西下午可玩得开心啊？送货的那家顾客难不成搬家了？"

小李一边给唐师傅作揖一边咧着嘴笑，小傅可是紧张了起来，走到里屋时，小李安慰他道："唐师傅就是这个样子，他说话尖酸刻薄，为人也没有老祖师傅那么风趣，但是他从来不打徒弟，这可是我们八辈子修来的福气！我堂弟在给一个铁匠师傅做徒弟，有一回不小心把一块破皮革放在一堆好皮革上面，就为这事，挨了好几个竹板子，打得全身都是印子！"

果然，没多久，小傅就发现了唐师傅仁慈的一面。傍晚时分，唐师傅把小傅叫了过去，道："今晚你就不必把活干完再走了，早点回去吧！你刚来，人生地不熟的，你母亲一定在家提心吊胆地等着你呢！你知道椅匠路的位置么？"小傅点了点头。"那就赶紧回去吧！"唐师傅的眼中流露出一种慈祥。小傅走在弯弯曲曲的巷子里，心里一直惦记着那温暖的目光。

第二天，小傅赶到店铺时，天还是灰蒙蒙的。屋子的房梁上挂着灯笼，灯光洒下来，铜器上罩着一层柔软细腻的光辉。小傅被这些精美的铜器深深地吸引了，一股自豪之情油然而生。想想打造出如此精美铜器的工匠也是从学徒一步一步做起的，总有一天，他也能够打造出这样美丽精致的铜器，而不只是看看火，跑跑腿。正当小傅沉浸在遐想中时，小邓的质问打断了他的思绪："嗨，乡巴佬，你以前从没见过铜器吧？"

小傅顿时黑了脸，他已经不是昨天那个凡事隐忍的孬种了！面对小邓的攻击，他正面反击了："我是没见过，关你屁事！"

"哎呀！"小邓转身对账房嚷嚷，"没看出来，他可真是个爆竹，一点就着啊！"

这时，唐师傅突然出现了，他冷着脸，呵斥道："该你打扫的地方都打扫干净了？要是让我看到一粒灰尘，我也会一点就着！"

小邓怒气冲天地擦起来了那张害他挨骂的桌子，小傅也立刻走开跑去生火了。这是他的死对头第二次在小傅面前颜面尽失了，不管将来怎么样，有这两次的胜利也算是个安慰了。小傅忽然发现，唐师傅对店里发生的每一件事都了如指掌，哪里需要他，他总能立刻出现，摆平一切。事无巨细，他的影响力遍及屋子的每一个角落。不仅如此，他对铜器的制作也到了出神入化的地步。一件正在制作中的铜器，唐师傅可以从极细微的地方看出端倪，一经他提醒，可以让一块铜片免遭高温的损坏。他只要轻扣手指，就能听出一件铜器设计中的细小瑕疵。一件铜器，经账房推销可能半天也卖不出去，但只要唐师傅一出马，和颜悦色地，只稍说上几句，客人便会高兴地买下。

　　唐师傅在店里的时候，老祖师傅就会嘻嘻哈哈地开玩笑，说："要说在重庆市啊，找不到比我们唐老板更会讨价还价的人了。别人都是追着顾客满大街跑，嬉皮赖脸地拽着人家的钱袋不松手。那个吴老板就是啊，有一回看见他追出铺子半里路，人家顾客不想买，吴老板拽着人家衣袖不松手，直往店里拉！"众人听了，莫不点头称是。

　　唐师傅在铜器的制作上，总是精益求精，对手下的要求非常苛刻，尽管如此，他还是赢得了大家的一致尊重。平日里，唐师傅对待伙计们十分严厉，说话直来直去，骂起人来，嘴巴像皮鞭一样，抽得人抬不起头。小傅不久就发现，唐师傅之所以这么较劲，无非是因为他对每件事都非常认真。在重庆没有哪个铜匠卖出的铜器比唐老板这儿的更货真价实了。

　　从日出到日落，小傅忙得团团转，一刻也闲不下来，除非是外出跑腿的活儿可以忙里偷闲一会儿。铜匠铺子的工房简直就像是一个噪声满满的疯人院，锤子击打着铁毡，凿子刮擦着铜器，工匠们扯着嗓子大声地喊，钳子在火焰上嗞嗞地响，各种各样的声音此起彼伏。烧火的炉子伸出长长的绿色的和金色的火舌，滚滚的浓烟把工匠们全身熏得黑不溜秋的，这场景让小傅想起了恶魔驻扎的地狱。

小傅脑海中关于恶魔的想象在那天下午就活生生地出现了。当时，他正蹲在中间的屋子打磨一件一个姓曾的师傅刚刚完成的铜器。突然从门口传来一阵嘈杂声，他抬头一看，只见两个挑夫抬着一顶敞开的轿子在店铺门口落了下来，从轿子里走出一个个头很高，穿着怪异的人。他像幽灵一样踱着步子走进了铜匠铺，小傅不禁张大了嘴巴，吃惊地看着他，也忘了手中的活儿。这是个洋人！小傅在重庆也待了好几个星期了，可是这么近距离地打量一个洋人还是头一回呢！有几次小傅远远地看见了洋人，但是洋人身边总是簇拥着一大群围观的人——只要洋人一出现，好奇的人就会一拥而上，小傅压根看不清楚洋人到底长啥样。唐老板见来了稀客，连忙起身迎接，账房和小邓急忙把各色铜器摆放整齐。

　　小傅扭头问身边的曾师傅："他是男的么？"

　　曾师傅哈哈大笑："你还真是个地地道道的乡下人，难道你以前从没见过洋人么？"

　　"没这么近看过呀！他要真是个男人，怎么穿女人的衣服和裤子啊？"

　　"洋人就喜欢这么穿衣服，他们的女人反倒穿着男人的袍子，他们做什么事情都不按我们的规矩来。女人的脚长得和挑夫的一样大，出门坐轿子总是把头伸在外面东张西望，完全没个规矩。她们穿的鞋跟又高又细，大概是想让她们显得个儿高吧！可是，老天爷呀，她们已经够高了啊！她们的头发乱蓬蓬地披着，大声讲话和说笑，跟个爷们一样！但是有一点可以确定，他们和其他野蛮人一样，说话做事没个规矩，不讲礼仪。像我们这样的中华子民只觉得可怜他们！"

　　小傅听得出了神，但是他的眼睛从没离开过那洋人。那洋人

第二章　万事开头难

不愿意坐下来吃茶,在店铺里不停地走来走去,还用手杖对着铜器指指点点,任何一个中国老爷都不会在这样的场合如此无礼。

"我不喜欢人长成这样。"小傅说,"皮肤那么白,留着那么多胡子,真像只拔了毛的鸡,鼻子也太长了些,有正常人的一倍!"

曾师傅低下头一边继续工作,一边说:"第一次看到洋人时我也这么想!他还咧着嘴对我笑呢,妈呀,可把我吓坏了,真是难看死了!后来打了几次交道,也慢慢地习惯了。我看不出他们有什么优点,但是也不认为他们完全是个祸害。洋人大多是蠢蛋,有见识的人是不怕他们的。在银钱方面,他们就蠢得要命,总是付给挑夫两倍的价钱。不过他们有的是钱,根本不在乎。听说他们顿顿都有肉,还有上好的蔬菜和水果。即便是他们中最穷的,过得也像个官老爷。"

那个洋人对店铺里摆放着的铜器似乎都不大感兴趣,便嘀嘀咕咕地向唐老板表达不满。小傅竖起耳朵想要听清楚,但是店铺里实在是太吵了,根本听不清。

"他说的什么语言?"小傅问曾师傅。

"英语,大概也夹杂着几句汉语吧。"

"唐老板听得懂英语?"

"不懂,不过,听不大懂的地方唐老板可以猜得差不多。"

这时,唐老板迅速地往小傅他们这边走了过来,"瞧我徒弟多会干活啊,我真是赚到钱了!"他挖苦地说话,从他们身边走过。

老祖师傅冲他喊道:"这贵客没一件相中的么?"

"摆出来的他一件也看不中,他想要一件更加精美的铜器送给在美国的朋友,他要看我们这最好的货。"唐老板走到一个大柜子前,从腰间取出一把钥匙,伸进一个三角形的挂锁,啪的一声把锁打开了。

小傅一边很有节奏地打磨着铜器，一边用余光注视着唐老板的一举一动。那个箱子小傅早就注意到了，但是一直没有仔细观察过。老板不把最好的货物摆在架子上，而是藏在箱子里，真让人百思不得其解！

唐老板冲着小傅喊道："把手上的油擦干净，把这些拿给小邓。"

小傅原本正要去外屋，听到唐老板的话，不禁愣住了！傅大婶的警告在他的耳边响起：靠近洋人可能会被魔鬼附身！他恐惧极了，全身的毛发都竖了起来，要是被魔鬼附身了可怎么办？不过，他还是大步向洋人走去了。如果不靠近那洋人，就会得罪唐老板，魔鬼从此肯定如影随形！两害取其轻，小傅硬着头皮小心翼翼地把铜器递给了小邓。正当他送完第三件铜器准备折回里屋时，一个声音在背后叫住了他："叫你家主人快点，我急着走呢！"

小傅吓了一大跳，扭头去看，竟然是那个洋人在和自己说话。他简直不敢相信自己的耳朵，他是不懂英语的，那洋人一定说的是中文了！小傅晕乎乎地把洋人说的话带给了唐老板。

"这些洋人总是急急忙忙的。"唐老板说，"他们把时间都浪费在看表上了，匆匆忙忙地赚钱，匆匆忙忙地花钱，这样赚钱又有啥意思呢？不知道节省，有多少钱也不够花！"

老祖师傅正在帮唐老板挑选宝贝。"他的急性子对你来说反倒是好事，"他说，"这样，他就没时间讨价还价了。"

最后选定了一个盘子和罐子，唐老板和小傅大步流星地向洋人走去。不一会儿，洋人便选了盘子，开始问价钱了。小傅吃了一惊，这洋人可真够愚蠢的，连三岁小孩都知道不能够在主人面前暴露自己喜欢哪一件东西，应该假装自己对所有的东西都挺感兴趣，把自己不想买的东西价格问个遍，在迷惑主人之后不经意地问一下自己真正想要的东西的价钱。唐老板报了一个价，这个价让小傅倒吸了一口凉气。洋人的眼珠向上翻了一下，砍到一半的价钱。唐老板又把价格提到原来的四分之三，洋人还是不愿意，只给三分之二，说着就开始掏钱了，不准备给更多了。他从裤子侧缝的口袋里掏出了几枚银元，双方就此成交。小傅看他从裤子里掏钱，又是一惊，没想过还能把钱放在这个地方。小邓用纸巾把金光闪闪的铜器包好，送到轿子里。那洋人朝大家点点头，走了。

晚上回到椅匠路，小傅告诉傅大婶："今天一个洋人来我们店里买了一个盘子。"

"他没有看见你吧？"

"看见了！唐老板让我拿铜器给那洋人看，他还跟我说话了。"傅大婶一听，吓得大叫了一声。小傅于是安慰道："别害怕！他长得是丑，但是不伤人！"

"你小子今天倒是长见识了？也学起城里人来了，井底之蛙，什么都不懂，还在这瞎炫耀！我看啊，你们铜匠铺子里就没个聪明人！我们农村人至少知道一点：看到洋人得躲着点！"

"那您的意思是要我违抗唐老板的命令了？"

傅大婶顿时不说话了，小傅卷了卷被子，睡觉了。

第三章
枪下偷生

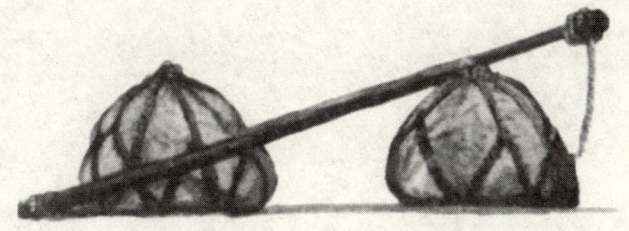

阴郁的秋天悄悄结束，晦暗的冬日翩翩而至。重庆市整日阴雨绵绵。傅大婶没完没了地抱怨起来："在农村我就听说这重庆的天气是糟糕透了，我当时还不大相信呢，来到这里才发现，果不其然，又是雨又是雾的下个没完，要是哪天能看见太阳，我八成会兴奋得一蹦三尺高呢！看看这墙壁，潮湿得就像淌汗一样，家具全都发霉褪色了。这跟住山洞有啥区别！"

小傅咧着嘴安慰道："但是这里热闹呀！"

一天早晨，湿淋淋的天边露出了一道蓝色的裂缝，扬子江畔的群山陡然清晰可见起来，美丽妖娆的轮廓尽显无余。一连几日仍旧是大雨滂沱，但这偶尔明亮的天色多多少少还是打破了一些单调与乏味。

对于唐老板来说，天气的好坏断然影响不了他做生意。店铺里还是忙忙碌碌的，常常有顾客在店里的方桌前坐下，慢慢悠悠地品着茶，小邓跑前跑后地摆弄客人喜欢的铜器。小傅和小李主要负责送货，偶尔有富家老爷召唤，就跟着账房一起，穿梭在大街小巷之中，赶到那些富贵人家把包装好的铜器打开给他们看。偶尔，唐老板也会亲自出马。但大多数时候，他都会把店铺里的生意交由伙计们全权处理，他相信伙计们的能力，认为他们能够谈出一份好价钱。

对于小傅来说，这些跑腿的活儿最让人兴奋了！他举着最重的铜器，只要客户一招呼，他就把铜器举得高高的供他们鉴赏把玩。账房在和客户们唾沫四溅地砍价时，小傅则站在一旁一声不吭地看着。小傅觉得这是全中国最好的差事了，任谁跟他换他也不愿意。这样的生活给了小傅增长见识的机会，让他看到了一个超乎自己想象力的大千世界。

刚开始的时候，小傅掩饰不住自己内心的激动，看到一处豪宅，便倒吸一口气，喊道："这世上没有比这更加漂亮的房子了！"

账房低垂着眼，轻蔑地说道："你在这多住上几年，就不会再说这样的话了。"

小傅不作声了，但是他心里还是认为这是最漂亮的房子。门房领着他们穿过花园里百转千回的小径，来到一片低矮的房子前。小傅透过涂了漆的雕花大门，看见室内的墙壁上挂着价值连城的名画和题字。黑檀木的桌椅摆放在客厅中间，陶瓷花坛里的观赏植物伸出多节的枝枝蔓蔓，上千年历史的古董花瓶，神秘而优雅地立着，一个一个，竞相夺目。九岁那年春天，傅大婶带着小傅去离家几里路远的寺庙游玩。之后的一个月里，小傅满脑子都是寺庙的富丽堂皇。但是和这里的奢华贵气相比，那寺庙简直就是乡下人住的小棚子，不值一提。

有时想买铜器的是些大户人家的太太和小姐，门房就会把他们引到屋子后面的佣人房间，由最年长的女主人来接待他们。总有年轻女子的声音穿过院墙，但是她们从来不会抛头露面亲自挑选东西。出来接待他们的都是穿着绸缎、浑身挂满珠宝首饰的老妇人，她们嘴里衔着烟袋，都是砍价的老手，唐老板派来的伙计根本不是她们的对手。在这样的场合，小傅不能四处张望，只能两眼直直地盯着地板。不过，他总是被这些阔太太们的话逗得偷笑，别看她们有钱，大多没什么见识，说起来话来和傅大婶没什么两样。

孩子们在花园的小径上追逐打闹，用柿子核来玩跳方格的游戏，或者是聚在一起踢毽子。一个七岁的小男孩正使尽浑身解数扮鬼脸想要逗一个小女孩笑，有人靠近时，小男孩立刻停了下来，

第三章 枪下偷生

尴尬地站着，装作一本正经的样子，拼命维护着自己的尊严。小傅把目光从小男孩身上投向小女孩，发现她满脸泪水，眼睛哭得红红的。她坐在一个高高的木板凳上，机械地摇晃着被裹脚布紧紧缠绕的双脚，那双细小的双足似乎在诉说着什么故事。

女孩们在裹脚的头几个月里总是痛得直哭，这种情形他在乡下见得多了，偶尔有几家出于让女孩子下地干活的考虑不给她们裹足，让其自然生长，不过这并不常见。女孩子们也接受了裹足，与其等到长大拖着一双大脚丢人现眼，还不如现在去忍受裹足时撕心裂肺的痛苦。很多女孩子因为裹足而使得双脚变形，长大后只能在屋前屋后干干家务活，不过，不打紧，一双小脚可是她们嫁个好人家的资本。自从几百年前的一个皇后率先裹了脚，并把那双跛脚美其名曰"三寸金莲"之后，中国妇女们便开始纷纷效仿，一时间成为一种时尚。小傅也为母亲有双小脚而感到骄傲，因为那是证明母亲不做苦力的最好凭证。

有些人家会请教书先生来家里授课，有些人家会把男孩子送到私塾去读书。窄小昏暗的私塾坐落在嘈杂的街道上，周围都是店铺。一位德高望重的老先生用那些沿袭了两千年的知识和方法教育他的学生，一手掌控着整间教室。学生们扯着嗓子朗读和背诵课文，声音此起彼落，压过了百里内街道上的一切声音。小傅有时也会突然想到，像这样每天读书、玩耍，什么事情也不做会是个什么样的生活。小傅并不嫉妒他们可以读书、玩耍，因为他自己已经有了一个目标——总有一天，他也要学会读书写字。小傅每天晚上都会在街上碰见王秀才，但是从没有跟他提过自己想读书的事情。作为一个小学徒，实在不该拿这些鸡毛蒜皮的小事来劳烦一位有学之士。他眼下的任务是要熟悉唐老板店里的一切业务，其他的事情等以后再说吧。

在重庆待了六个月之后,小傅突然发现重庆并不只是表面看到的繁华和娱乐。一天傍晚,小傅走在回家的路上,忽然看见一群人围在一个夹角的空地上,夹角是由两面墙围起来的,据说妖魔鬼怪只走直线,一碰到障碍物就魂飞魄散,这墙就是用来防妖的。大家都认为妖魔鬼怪是很愚蠢的,这样简单的一个建筑物就可以让一家人免遭魔鬼的祸害。小傅走近一看,围在一起的人们都面露恐惧之情,还有些人在小声嘀咕着一些不吉利的话。受好奇心的驱使,小傅使劲地挤了上去,发现前面站着六个士兵。

士兵们把一个挑夫团团围住,挑夫的背紧贴着墙壁,胸口被一支枪死死地抵住。挑夫的脸吓得煞白,企图和这些凶神恶煞的大兵们理论。

"我数到十——"其中一个士兵打断了他,"要是数完了你还不肯帮我们挑被褥,哼哼——"他残忍地笑着。

"行行好吧,长官大人。"那挑夫哀求道,"我自己还有货物要送给老板,现在已经迟了,如果你们再不让我走,老板就会扣我工钱的,我上有老下有小,都指着我干活给他们填肚子呢!"

小傅的目光从那个痛苦的男人身上移开,只见地上放着几捆士兵们的行李,行李旁边摆放着两个装满米的筐子,筐子上搁着挑夫的扁担和绳索。

"一——二——三——四——五——"士兵开始数了。

挑夫吓得脸都变了形,"长官们哪!"他哀求道。

"六——七——八——九——十!"

"长官们,你们要干什么……"话音未落,一声震耳欲聋的枪声响起,挑夫最后一声抵抗变成了一声虚弱的尖叫。他无声地滑倒在冰冷的地上,再也没有站起来。

小傅被吓得目瞪口呆,愣在原地,看着地上躺着血淋淋的尸体,几秒钟之前,他还是一个活蹦乱跳的大活人,一心想着赚点血汗钱养家糊口,转眼间,就变成了一句不会说话的尸体。小傅如坠冰窖,全身颤抖起来。他只想尽快逃离这恶心而又恐怖的犯罪现场,但是,他的双腿早已不听使唤,根本动不了。

士兵们开始为挑夫的死亡争吵起来,所有人都在怪那个开枪的士兵,说他不该打死挑夫。其中一人显得尤其郁闷,不停地嘟囔着没必要开枪打死挑夫,要是被长官知道了,他们都脱不了干系。

开枪的那个士兵不以为然地讥笑道:"不就是个苦力么?有什么大不了的!"

是啊,不就是个苦力嘛!一个靠辛苦吃饭的人——死了又有什么关系呢?这个问题一下子钻进了小傅本来已经木掉了的脑袋。但是这可怜的挑夫,他又有什么错呢?他只不过是拒绝帮那些士兵挑行李,因为他正在给自己的老板送米。就因为倒霉地碰上了这群蛮横的士兵,就因为他没有给这些不讲理的士兵挑行李,他被残忍地杀害了,再也回不了家了。

这样不公正的事情让小傅十分震惊。他清楚地明白,即便士兵们杀了人,也不会受到任何惩罚,更不会有人胆敢站出来指责他们。小傅的父亲也是被士兵们害死的,他们在农村肆意地糟蹋庄稼,践踏农民们的劳动成果。父亲再怎么暴晒日下,辛苦种田也经不住士兵们数年的争抢和糟蹋。最终,父亲干不动了,撒手人寰了。而就在几秒钟之前,一个挑夫也无缘无故地丧命了。他要是再不赶快离开这里,下一个吃枪子的很可能就是他了!小傅拔腿正要跑,一只大手死死地按住了他的肩膀。

"你在这干什么?"一个粗暴的声音响起。

小傅恐惧地想要退缩,"没,没,没干什么。"他结结巴巴地说。

"让他走吧！"那个一直闷闷不乐的人说。

"不行！"那只大手回答道，"他看起来还挺结实的，我们正缺人手，我们自己的东西总得要自己扛了，但是这挑夫的米，他得帮我们挑，以后还用得上。"

小傅一听傻了眼，他根本挑不动这担米呀！这两筐米可比唐老板店里最重的铜器还要重上两倍。"我挑不动这个。"他想要辩解，"或许这行李——"

"你想成为第二个躺这里的人吗？"大兵指了指地上的尸体。

小傅哆哆嗦嗦地蹲下来，捡起挑夫的扁担，将绳子拨到两边，使出吃奶的劲儿想要把担子给挑起来。扁担像刀子一样挖进他的肩膀，他痛得站都站不稳。忽然，他一个踉跄，一把米从筐子里洒了出来。逼迫他的士兵破口大骂，用枪托对着他的背狠狠地砸了过去，让他小心点！

那个闷闷不乐的士兵站出来帮小傅说了几句话，又引发了一场不小的争吵。其他士兵无奈地耸耸肩，说时间不多了，背起行李准备赶路。小傅夹在两个争吵的士兵和两筐米之间，苦苦思索逃生的办法，但是根本没有机会！筐子后面是一堵厚厚的石墙，挡在他前面的是两个争得面红耳赤的士兵，没办法，他只好绝望地去挑担子。

看着小傅，那个一直闷闷不乐的士兵摇了摇头，一边打手势示意与他争吵的大兵赶紧赶路，一边去拿行李。小傅调动了全身的力气，终于把担子挑离了地面。刚刚争吵的两个士兵走在最前面，小傅被夹在中间，紧随其后的三个士兵死死地盯着小傅。

夜幕降临，街道的轮廓变得越来越模糊了。浓浓的夜色笼罩着夹角，挑夫冰冷的尸体静静地躺在血泊中。这可怜的挑夫再也站不起来挑担子了，他的家人也得另寻出路养家糊口了。重庆市纵然以繁华著称,很多市民却在饥饿的边缘苦苦挣扎。

这个十四岁的男孩正在拼尽全力挑那挑夫留下的担子,每走一步对小傅来说都是一种巨大的折磨。小傅弓着腰,汗如雨下,心脏剧烈地跳动,仿佛有重物一下一下地捶打着他的心脏。小傅走两步就得停下来,一边缓解一下酸疼的肩膀,一边喘上几口气。

街边的店铺都关了门,街上行人已寥寥无几。如果是大白天,小傅还可以向别人求助,尽管希望也很渺茫,谁会有那么好的心肠为了一个孩子和这帮丧心病狂的士兵起冲突呢?他没精打采地向前挪着步,一步比一步更加艰难。不知过了多久,一个士兵命令他停下,把担子放了下来。小傅无力地趴在担子上,大脑一片空白,等着士兵们发话。

一阵狂笑把小傅从晕厥中唤醒,他一抬头才发现周围全是士兵,他们占据了整条街,围着桌子一面大吃大喝,一面划拳赌博,哗声一片。他听说士兵们驻扎在城市的一头,但没有亲眼见到过。现在,他亲眼看见了,恐怕也是最后一次了,因为他们一定会杀了他,即使不是马上枪毙了他,也会强迫他继续挑重物,怎么着都是离死不远了。

几个士兵站起来凑到小傅身边,一边大声说话,一边狂笑不止:"老林这家伙竟然把妈妈怀里的娃娃给弄过来帮他挑谷子了!"

"你从哪里弄来的米?"

"看啊,这娃娃趴在担子上晕过去了。"

小傅挣扎着想要清醒一点,但是脑子里嗡嗡地乱成一片。

"兄弟们说说我该怎么处置他?"面对众人的调侃,老林阴沉着脸。

"怎么处置?赶紧让他滚蛋呗!你以为长官会把他留在你身边给你当奴隶啊!一年前嘛,有可能,现在不行了,长官千方百计地想要赢得南京新政府的好感，新政府对孩子和守法公民可是有保护的！什么守法公民，要我说这些贪婪的重庆人都应该给咱松松腰包。瞧瞧他们给的什么粮食，我们给他们守城，他们却想把我们给饿死！"说着用手筛了筛筐里的米。"这才是好米啊！老林，这米你从哪弄来的？"

"当然是从一个米贩子那弄来的。"

听了这话，小傅顿时火冒三丈，全身的血液直往脑袋上蹿。他义愤填膺，整个人都要从愤怒中站立起来。横竖都是个死，他一定要告诉别人这个士兵的罪行，是他杀害了一个手无寸铁的挑夫，抢了他的米！小傅正想开口说话，就被一只大手迅速拉到一边。在门柱的阴影下，小傅看清了那张脸，竟然是一路上闷闷不乐的那个人。这个士兵在别人你一言我一语说话的时候，一直沉默不语，突然把小傅拉到一边，开始训斥起来："闭嘴！你这傻小子！我知道你想干什么，你认为我那帮弟兄们会在意一个挑夫的死么？你以为他们如果想杀你，会下不了手？今天你一开口说话，就是死路一条！他们本来就担心自己的罪行会传到长官耳朵里——我们的长官现在就想在重庆赢得好名声，来取悦南京政府。跑吧，赶紧跑！趁他们没发现，有多远滚多远！"

小傅愣了一会儿，问道："你为什么要救我？你真是个好人！"

那个好心的士兵连推带搡地催促小傅赶紧跑。"因为我像你这么大的时候，就被这帮土匪强行拉来当兵了！别愣着了！快跑吧！"他目送小傅消失后，一个人偷偷地越过老林那群人，混到街道另一头的士兵中去了。

小傅在陌生的街道上跌跌撞撞地跑了很久很久，终于走到了熟悉的椅匠路上。傅大婶和王秀才都站在戴老板家门口候着呢，一见到小傅，傅大婶便号啕大哭，王秀才则关切地责备道："你把你母亲急死了！"

"你去哪了啊？"傅大婶焦急地问。

小傅瘫坐在地上。"不是我的错！"他想要解释，但是一句话也说不出来。他感觉自己快要死了，用胳膊硬撑着脑袋，不停地颤抖。

傅大婶急得围着他团团转："你哪里疼啊？"

"他现在需要一碗热茶。"王秀才说，"等他缓一会儿，会告诉你发生的一切。"

傅大婶冲进屋里，端出一碗热气腾腾的热茶。小傅端起碗，咕噜咕噜一饮而尽。过了好一会儿，他才停止了发抖。王秀才感觉小傅没事了，才起身回自己的房间。傅大婶把小傅挼进屋里，他这才把发生的一切和盘托出，傅大婶心疼得泪流不止。

待小傅躺下以后，傅大婶走出大门，沿街走到一个狭窄但空旷的地方，那里供奉着大慈大悲的观世音菩萨。观音的案前燃烧着烟雾缭绕的熏香，傅大婶对着那慈眉善目的观世音菩萨跪下，磕了几个头表示感谢。她发誓以后一定要更加虔诚，多来这里拜一拜！发生在小傅身上的遭遇在重庆这样的大城市是屡见不鲜的，天啊！她现在是多么痛恨这座城市的拥挤和嘈杂。

还有她那整理猪鬃毛的工作！傅大婶倒吸了一口气，她可不能再不知足了。这工作虽然难受，但是没了工作就没钱吃饭了！好在小傅学得还挺快，她越是听唐老板夸小傅学得快，心里对做学徒的这次选择就越是满意。想到小傅这次的死里逃生，她的那些不愉快简直就不值一提了。她突然停在路中间，想起刚刚忘了求观世音保佑那个救了小傅一命的士兵，又匆匆忙忙地折回去，给那个好心的士兵祈福去了。

第四章
有志者事竟成

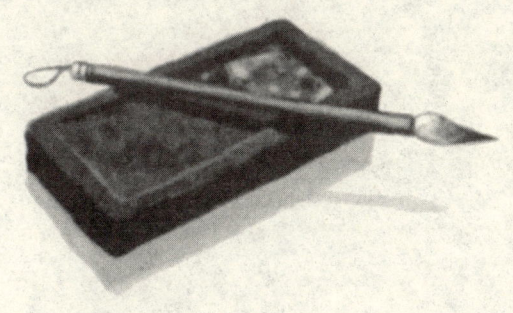

距离上次虎口脱险数周之后，小傅内心的恐惧才渐渐平复下来。这天清晨，小傅和母亲一起一直走到猪鬃铺子，有母亲相伴而行，小傅感到很开心，但是，就是打死他，他也不会承认自己现在独自出门的恐惧以及对母亲的依赖。傍晚回家的路上，他总是尽可能地混到重庆街道熙熙攘攘的人群中，把自己淹没其中，好不被人发现。小傅之前做事都是跟着自己的好奇心走，那次街头被士兵抓去当壮丁就是例子，现在，一想到可能存在的任何危险，小傅对事物的好奇心就消失得无影无踪了。远远地看见一个士兵坐在茶馆里喝茶，就足以吓得小傅拔腿就跑。一次和小李一起外出送货，小李发现小傅见到穿灰色制服的士兵时一脸的惊慌，非常不解，便奇怪地问小傅："你怎么这么怕当兵的啊？我们又没挡他们的道，你不必像躲瘟神一样躲着他们啊！"

小傅避而不答。上次惊险的回忆历历在目，让他再重述一遍，他可受不了。事情发生后的第二天，小傅战战兢兢地把来龙去脉跟王秀才说了一遍，王秀才安静地听着，时而满怀同情地唏嘘几声，最后，他总结道："好铁不打钉，好男不当兵。"

在唐老板的铺子里，伙计们像往常一样，一边吃午饭，一边探讨目前的政治形势。他们觉得现在驻扎的军队相比以往还算规矩，至少没有发生洗劫民户的暴行，而且，到目前为止，征的税也还算合理。

"这种话还是少说为妙！"唐老板道，"依我看哪，这些个督军都一样，没有哪一个不爱财贪权的，只不过方法不一样而已。现在这个督军目前还说得过去，但没准儿哪天就会把我们弄得家破人亡！"

唐老板的警告让小傅顿时毛骨悚然。好在一连数周数月过去了，重庆市依然一片祥和与安宁。小傅的胆子又慢慢大了起来，又开始自由自在地到处跑了。

小傅现在对重庆市的大街小巷差不多已经了如指掌了。为了给唐老板送货，他要从南到北，从北到南地到处穿梭。他知道在某个点说书艺人会站在城墙的某个角落，讲一段引人入胜的历史故事；他可以说出每隔十天半个月，在哪里可以看见有趣的西洋景——一场活灵活现的木偶剧；他甚至只要用鼻子嗅嗅，就知道哪家在办丧事，哪家在办喜事。时间允许的情况下，他会根据自己的喜好改变送货的路线——那儿好玩，就往哪儿去。

每天上午，在一所法国教堂的门口，都会有一个老先生坐在那儿给人代笔写信。小傅几乎每天都会凑上去看一会儿，就这样看着看着，他还记住了一些简单的字的笔画。要是有时间的话，他还能学得更多呢！小李和小傅现在已经成了形影不离的好朋友，不过，小李对小傅这种偷学东西的做法没多大热情。

"我也想读书识字啊！"小李说，"但不是在送货的途中啊，扛着担子晃来晃去的。还有啊，师傅骂起人来你不是不知道，我是不怕，可不能老这么磨磨蹭蹭的啊，迟早要激怒他老人家！"

小傅摆了摆空出的那只手，说："照你这么说，我们岂不是根本没机会学了？而且还是你自己告诉我不要害怕师傅的责骂。"

小李不作声了。几个钟头后，读书识字的话题又被提了出来，不过这一次是王秀才。在昏暗的椅匠路上，小傅正伸着食指一笔一画地练习着写字，碰巧被王秀才撞见，他饶有兴趣地看着。

"这个七个笔画的'門'字是谁教你写的？"

"我在外国教堂门口看代书先生写的，他写着，我在一旁看着，我学会了好几个字呢！"小傅得意扬扬地说。

"那你不妨再多学一点东西：戒骄戒躁！再说了，你这个新学的字笔画也错了，还不如不学。"

小傅听王秀才这么一说，立马变得垂头丧气。"老先生，您说得我很是惭愧！我以为跟着那代笔先生后面慢慢学，迟早有一天能学会读书写字。"

"学习错误的东西还不如不学呢！跟我来吧！"他命令道。小傅便跟着他上了楼。

尽管小傅一直很想上楼去看看王秀才的家，但是一直没有机会，因为傅大婶一再告诫小傅不要去打扰王秀才休息。小傅发现，王秀才家里的摆设实在是太简陋了，甚至比自己家显得还要穷酸！但是，王秀才家里的藏书真是浩如烟海，令人咋舌。小傅瞅着这些书，敬佩得五体投地，感叹道："老先生，您真有钱！"

王秀才笑了笑，点了点头。"我确是一个无足轻重的穷酸书生。"他说，"但这些书是我一辈子的心血。"他挥手示意小傅坐在桌子前，自己拿起一支毛笔，在砚台上蘸了蘸墨水，另一只手铺好一张又薄又黄的宣纸，一笔一画地写了起来。

"记住了，能成大器的好学生，都要从《三字经》的头一句话学起：人之初，性本善。"

看着老先生大笔一挥，写出如此苍劲有力的字，小傅看得入了迷。接过老先生手中的毛笔，小傅激动得涨红了脸，照着老先生的字，认认真真地临摹起来。王秀才在一旁看着，悉心指导，时而夸赞他几句，时而指责他两声。等到王秀才觉得小傅今晚练习得差不多了的时候，便把纸笔收了起来。"只要你坚持练习，假以时日，一定会轻轻松松地掌握汉字的构架。耐心和勤奋是成才的必要条件。"他直视着小傅的脸，问道："你为什么要读书？"

"我也不知道。"小傅迟疑了一会儿才回答，"从我第一天给唐老板做学徒起，我就有了读书写字的念头。在重庆这样的大城市，不会读书识字，是不可能出人头地的！会识字的人不容易被骗。"说完，小傅抬头望望老先生，看到的是老先生满脸的失望和不满。

"没有其他原因了么？"王秀才质问道，"难道我把古人的流传下来的智慧教授与你，就是为了让你赚大钱么？你难道不知道知识本身就是一笔财富么？人应该学会如何生活，而不是如何赚钱！你能想象出，一个人没有智慧只有金钱是一种什么样的状态么？"王秀才的语气慢慢缓和了，接着说："不过，你太年轻了，有这样的想法是很正常的。走吧，明天晚上再过来，我们一起学习圣人教给我们的哲理。"

小傅蹑手蹑脚地爬下了楼梯。他站在大门口，看着沉睡中的街道，陷入了沉思。只有懂得如何面对生活的人才会拥有真正的智慧。这确实是一个新的观点。小傅自打来到重庆以后，每天日出而作，日落而息，很少看到什么不一样的风景，满眼所见都是金钱在这个城市举足轻重的地位。而王秀才却能在这喧哗浮躁之中看到一般人看不到的东西，这大概就是有学之士和普通人的区别吧！小傅百思不得其解，带着满脑子的困惑走回了房间。

"这么晚跑哪鬼混去了？"傅大婶问道。

"我在王秀才的屋里，他今晚给我上了一课，我们约好明天晚上还过去呢！"

傅大婶睡意蒙胧的双眼立刻变得闪闪发光。"哎呀呀！"她叫道，"这可是件大事！你哪来的钱付给人家当学费啊？"

小傅挥了挥手，示意母亲不用担心。"一分钱也不要！今晚王秀才还教育我呢,说钱是无关紧要的东西。"

傅大婶的眼睛睁得更大了,注视着小傅好一会儿,又把眼睛闭上,打了个呵欠,说道:"快睡吧!不然,被子还没焐热就得起床了。"

从这以后,小傅就没在代书先生那儿停留过了。一次,小李好奇地问他为何对读书识字失去了兴趣,小傅想告诉小李他有了一位真正的老师来着,但是话到嘴边,又把它给咽了下去,因为小傅现在学的东西还太少,他可不想给王秀才丢脸。每天晚上,小傅跟着王秀才学识字,王秀才用自己渊博的才学让小傅明白了一个道理——学无止境。他也知道,一旦店铺里的伙计们知道自己在读书识字,指不定要怎么挖苦他呢,这一点他可以确定,所以还是先不要透露任何消息。店铺里的那些工匠,识几个大字的凤毛麟角,还有一些根本目不识丁。只有唐老板和账房对书本上的知识算是比较精通。而那个账房,小傅也不知道他肚子究竟有多少货。在这些老前辈里,他最厌恶的就是这个账房了,自己也说不清为什么,一看到这个账房就会情不自禁地联想到死对头小邓,可能是因为账房总是一副自高自大、目空一切的嘴脸,而小邓呢,八成也是得了这账房的真传吧!

不过,但凡账房大概都是这个样子吧。能写会算使他们尤其有优越感,从不把那些工匠和学徒放在眼里。一有什么自己不愿做的活儿,总是差使别人去做。小傅经常跟在账房后面去给富人家送货,账房是个什么货色,他再了解不过了。他才不会让账房知道自己在读书识字呢,否则肯定会被他挖苦得体无完肤。他是想告诉小李来着,毕竟他们是好哥儿们,但是小李一旦知道了,整个店铺的人也都知道了,小李是个大嘴巴,心里藏不住事儿。

一天下午，唐老板叫住了小傅，给了他一封信。"把这封信送到柏木匠手中，他家住在从城门通往三家寨村的路上。一艘外国炮舰的船长想要一张顶上嵌有铜盘的柚木桌子。他很快就要起航了，两天之内必须完成。你问清楚柏木匠能不能按时完成，如果不能，马上回来通知我。"

小傅转身走出店铺，向城门走去。路过一间制糖铺子，小傅停了下来。一头牛正在埋头拉磨，这温顺的畜生拖着又大又沉的石磨，一步步艰难地在原地打转，把甘蔗炸出糖汁。一圈又一圈，无休无止，这头牛好像这一辈子都没停下来过。小傅看着它转啊转，自己的头也跟着晕眩起来。

出了城门，小傅加快步伐往三家寨村走去。这一带乞丐成群，所有你能够想象到的疾病和残疾在这里都可一见。他们中大部分人为了做乞丐而选择自残，还有一些人的父母以乞丐为生，在他们很小的时候，就被父母弄残，以便乞讨。要知道在这个圈子里，非残非疾的人是无法引起别人的同情心的，吃不了这碗饭。在这个动荡的岁月，伸手要饭可比做苦力容易得多，所以很多人宁愿拖着残体沿街乞讨，也不愿意自食其力。

在重庆市，如果哪家店铺门口聚集着一群乞丐，哀号不止，那店铺的生意肯定不好做，为了避免这种麻烦，很多店铺老板都会定期付给乞丐一笔钱，权当拿钱消灾吧。当然，这些乞丐当中确实有一部分人真的是迫于疾病和贫穷，不得已流落街头，忍辱偷生地过日子。

白天的这个时候，路上行人非常多。但是没有人会注意到穿着褪色衣服、手上污迹斑斑的小学徒，乞丐们要找的是坐着轿子、看起来就很富有的行人。一有这样的人出现，乞丐们便一拥而上，追着轿子小跑，缠着不放。"可怜可怜我吧！你们有吃有穿有住，我却裹着破烂衣服,天天挨饿,睡觉也只能在街上随便一躺。有钱的老爷们,给个铜板吧,给个铜板吧!"

快步行走的小傅很快就被这帮乞丐抛在身后了。他走着走着,心里很是喜悦。乡间的小路尽管弯弯曲曲、坑坑洼洼,但是路的两旁都是肥沃富饶的良田。他的思绪突然被拉回了乡下,和父亲一起下田耕作的小村庄。一种强烈的失落感和空虚感在心里陡然升起,父亲去世已经有一年了,但仿佛就在此刻,他才真正意识到父亲的离开,这种沉重和失落的感觉如排山倒海一般,压得他喘不过来气。

不过,小傅很快就把这种强烈的失落感压了下去,他告诉自己,他已经长大了,他可以挑起更加沉重的担子了。他那一身蓝色的棉衣从来就没有合身过,手腕脚腕都暴露在外面。他突然感到一阵悲凉,父亲为了养家糊口,一直勤勤恳恳地奔波劳作,但是依旧不能让家里人吃饱穿暖。但是,他是个好父亲,是个对家庭负责任的好男人!想到这里,小傅不禁挺直了腰板。他是父亲唯一的儿子,现在也是家里唯一的男人,他绝不会让祖上因他而蒙羞。

柏木匠的铺子就在前面池塘后的柳树林里。午后的阳光透过树叶,在店铺门前的泥地上洒下斑驳的影子。几个工匠正在锯一块巨大的圆木,从绿色的圆木里散发出一股甜丝丝的清香,沁人心脾。三个孩子坐在地上玩弄着刚刚刨下来的木屑和刨花。趁着柏木匠看唐老板信件的空当,小傅捡起一卷刨花,放在小男孩光光的肩膀上给他挠痒痒。小男孩咯咯地笑着跑开,又继续和伙伴们玩了起来。这里洋溢着一种恬静而又和睦的气氛,和铜匠铺子里的喧嚣浮躁格格不入。

柏木匠迟疑了一会儿,回答道:"两天时间用来完成这个桌子，那我其他的活儿都得往后搁了。我来安排一下吧！"他在纸上写了几个字，交由小傅带回。

　　小傅赶到城门口时，夕阳的余晖已经给整个世界涂上了一层柔美祥和的金光。人们从各个方向急匆匆地往城里赶，因为天黑时分，城门就要关上，直到次日太阳升起才会重新打开。一顶漂亮的轿子从城门外疾行而来，小傅连忙闪到一边，好让轿子过去。蹲守在城门附近的乞丐见状，一窝蜂地涌了上来，挡住了轿夫们的路。乞丐们号啕大哭，哭喊着要打赏。坐在轿子里的人显然是急于赶路，没时间和这帮乞丐们磨蹭。他一言不发，在众人毫无准备的情况下，突然伸手抛出一串五十文的铜钱，刚好砸到一个死死抓住轿子不放的乞丐身上，接着落到小傅脚边躺着的一个麻风病人萎缩的臂弯中。这群乞丐没想到会有这么一大笔钱从天而降，愣了几秒钟，立马松开了轿子，轿夫们趁乱抬着轿子冷漠地走开了。前一秒钟，这帮乞丐还像丢了尾巴的狗一样摇尾乞怜，这一秒就变成了饿狼凶猛地扑向食物，乱作一团。

　　小傅看着这群人，心里一阵恶心。那麻风病人挥舞着胳膊，蜷缩着身子，拼命地想要保护这笔从天而降的巨款。他那帮丑陋的同伴们将他团团围住，有的冲他扔垃圾，有的叫骂诅咒，有的拿起手中的拐杖当武器，对着他那残废的身子一阵好打，要他交出铜钱。一个守城的士兵发现了这场骚乱，跑了过来，也不问青红皂白，挥舞着枪托一阵乱打，终于把这帮乞丐给分开了。那麻风病人还剩一口气，但是身下的钱财早不翼而飞。旁边，一个乞丐用刀片把自己的手腕给划开了，血立刻从伤口流了出来。这纯粹是博取他人同情心的苦肉计，反倒引起了众人的怀疑，顷刻间，人们把所有的注意力都转移到他的身上。

第四章 有志者事竟成

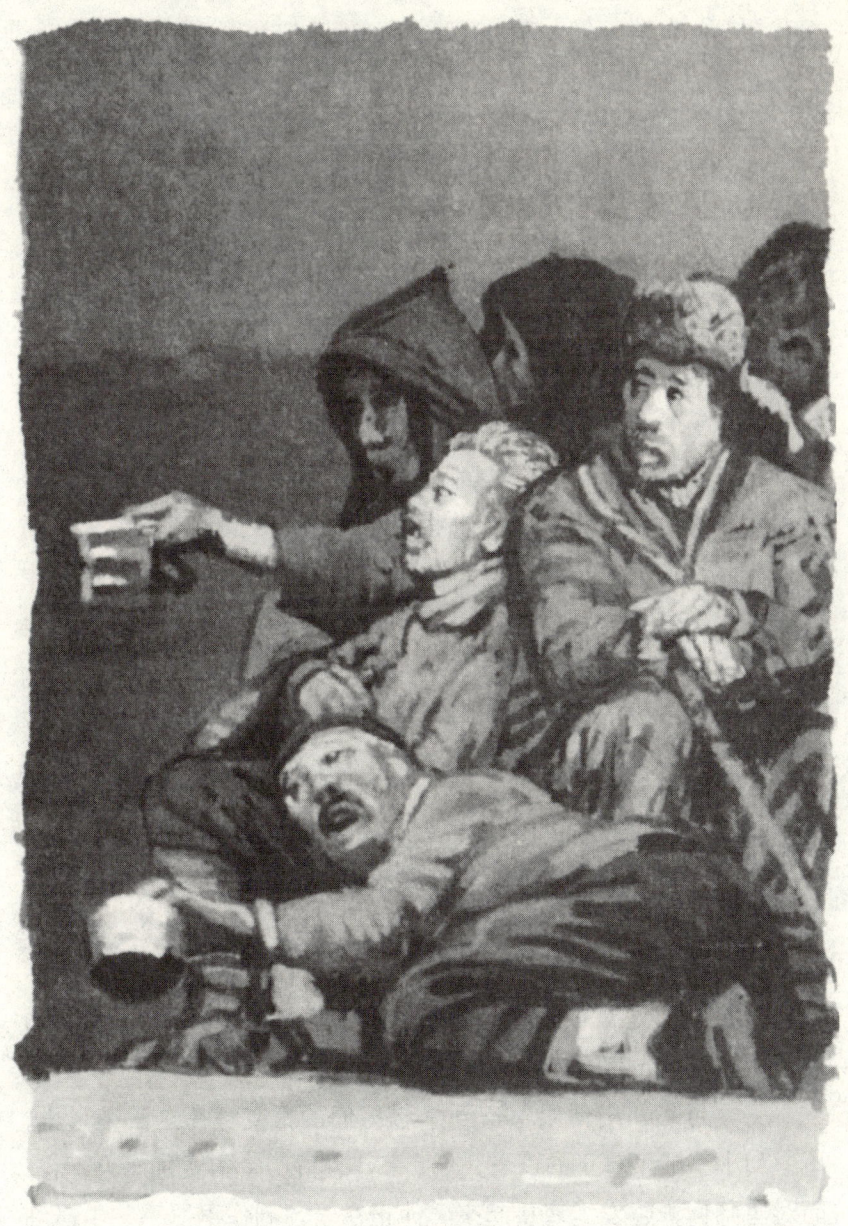

"该死的！是他拿的！他偷了本该属于大家的钱！快交出来平分！平分！"乞丐们大声叫嚷着，"不然我们就告诉帮主去！"

士兵从那人身上搜出那串钱，举起来问道："钱掉下来的时候，是谁先捡到的？"

"是我！""是我！""是我！"周围呼声四起。躺在地上的麻风病人气喘吁吁地发出一声呻吟以示抗议。士兵向四周望了望，瞅见了站在一旁的小傅，问道："你看见是谁捡的了么？"

小傅支支吾吾地不知道说什么，上次惨痛的经历依然记忆犹新，他还是很害怕和士兵打交道。小傅用下巴指了指那个麻风病人，示意是他捡到的，在士兵的目光移向麻风病人时，小傅拔腿就往城里跑去了。他一边跑，一边往后看，那个麻风病人应该是拿到了那吊钱。但是，钱能够在他手中待多久呢，就没人知道了。士兵正努力想要让那些没拿到钱的暴民们安静下来，他们中的一些人已经扭打成一片了。等小傅走进城门，踏上石阶时，身后响起了一串脚步声。小傅回头一看，那个用刀划破自己手腕的乞丐冲着他大骂："你这小兔崽子，要不是你多嘴，我们早把钱平分了！我看你以后还走不走这条道，你给我们记着，有你好果子吃的！"

小傅不以为然地耸了耸肩，跑进城里了。一个乞丐的威胁实在没必要太在意，他们只要一开口，不是咒骂就是哀求，没什么好话的。倒是刚才那士兵转身问他话时，把小傅给吓了个半死！不过，在外面逗留得太久了，唐老板估计要发火了。想到这里，小傅撒腿往铜匠铺跑去。

三个月后，小傅果然遭到了乞丐们的报复。在这三个月里，小傅和小李成了真正的铁哥儿们，和小邓呢，变得更加水火不容，而对唐师傅，越发地尊重起来。他正在学习制作铜器手艺中最细微的部分。曾师傅正在教小傅学焊接,他自己也野心勃勃地等待着老祖师傅和陆师傅可以教授他更多的技艺。尽管白天繁重的工作让小傅筋疲力尽,但到了晚上,小傅还是要爬上楼梯去王秀才家里学习写字。小傅现在已经认识一百来个汉字了,尽管他的双手因干重活而变得又粗又大,但是他写出的字还是不错的,时常获得王秀才的鼓励和赞扬。

　　看着小傅取得如此大的进步,傅大婶心里很是喜悦,但总觉得对不住王秀才,也该为他做些什么。她一个妇道人家,既没钱给王秀才买什么贵重的礼物,身上也没什么值钱的东西可以相送,但是,她知道王秀才所做的一切都是为了小傅将来有个好前程,于是想尽办法为王秀才做点什么以报答他的大恩大德。现在正值酷暑,猪鬃铺子的活儿停了下来,眼下也找不到其他事情做,傅大婶便赋闲在家了。在空闲的那几个星期里,傅大婶开始主动给王秀才缝补衣服。逢年过节的时候,傅大婶自己准备了些糖水鸡蛋,也会给王秀才送上一份尝尝。通过这些细枝末节的举手之劳,不仅傅大婶自己的良心稍微安稳了一些,也给王秀才的生活增添了便利,也算一举两得吧。

　　天气渐渐凉了,傅大婶又回到猪鬃铺子干活了,相比刚开始的时候,现在算是得心应手了。但是傅大婶还是盼望着小傅能早日出师,成为真正的铜匠,一个人赚两个人的钱,这样日子也会舒坦起来。但是小傅似乎不懂得傅大婶的心思,经常做出一些匪夷所思让傅大婶难以接受的蠢事儿来。好在唐老板告诉傅大婶,小傅表现得不错,王秀才也夸小傅学东西学得快。既然这些聪明人都在夸赞小傅有出息,那她一个妇道人家,也就不必再杞人忧天了。

　　如果傅大婶知道小傅每天是怎么度过的,恐怕就不会这么泰然处之了。这天,小傅捧着一个精美的火盆穿过城门,准备送给柏木匠,这是柏木匠在唐老板那儿定做的准备送给朋友的。小傅走着路,心里却在念叨着昨天晚上王秀才刚教他的一句名言:有志者,事竟成。他一边在脑子里一笔一画地写着这六个大字,一边咀嚼着这句名言的深刻含义。对!只要心中有抱负,就一定能成功!他一直想着要读书写字,这不,王秀才就收他做了学生,这不是老天对他的成全嘛!

小傅正在心里想着另一句古训是什么来着,突然被伸出的拐杖绊倒了,摔了个嘴啃泥,手中的火盆也呼的一声飞了出去,蹦蹦跳跳地越过一个又一个犁沟,跳进了水沟里。小傅摔得鼻青脸肿,晃晃悠悠地站了起来,只听见周围一片哈哈大笑。但是小傅管不了那么多了,一心只想着那摔出去的火盆,也不知道摔成了什么样子!尽管火盆外面有柔软的棉布做保护,但怎么也经不住石板路的碰撞啊!小傅起身往水沟方向跑,但是被几个乞丐捷足先登了,他们手舞足蹈,脏兮兮的嘴脸扭曲着,面目狰狞,一个乞丐捡起火盆在小傅面前晃来晃去,又不让他够着。

"哟!这破东西是谁的啊?谁的啊?"他们嘲弄道,"你知道钱是谁的,那你现在告诉我们这火盆是谁的啊?你的还是我们的?"

小傅顿时火冒三丈。抓起身边最近的拐杖,一阵乱打,喊道:"快还给我!"

乞丐们见状,纷纷笑弯了腰,"快,快把这破玩意还给这混蛋,不然他会宰了我们呢!"于是,他们中最高的乞丐从腰间抽出一把刀,对着火盆一阵乱划,接着把火盆狠狠地掷了出去。

小傅赶紧追着火盆跑,他小心翼翼地捡起火盆,用手擦去上面的灰尘,仔细一看,傻了眼。小傅的心就像一块石头一样沉入湖底，火盆上到处都是凹痕和裂缝，还有参差不齐的划痕。这样伤痕累累的火盆，柏木匠是绝对不会要的。这样一来，他回去怎么向唐老板交差呢？他要编个什么样的理由呢？在这整件事情中，小傅觉得自己是无辜的，可是，要不是他刚刚得意扬扬地想着那些古训，没在意自己的处境，也不会被这帮乞丐给绊倒啊！要是他警觉一点，记得上次惹的祸，这次走路小心点，或许也不会吃了乞丐们的亏！要是告诉唐老板，这帮乞丐们是故意绊倒他的，唐老板是个聪明人，断然不会相信。因为，这些乞丐虽然喜欢惹事，但大多数时候，还是忙于讨饭要钱，没事干嘛跟小傅过不去呢？凭唐老板的机智，一定会嗅出什么端倪，猜出乞丐这么做是事出有因。这样一来，小傅就必须和盘托出三个月前，第一次和这帮乞丐见面发生的不愉快，要是唐老板知道小傅是因为在外无事闲逛看热闹才惹的事情，又会怎么骂小傅呢！

忽然，小傅的脑海中涌出了一些邪恶的念头。或许，他可以跑到柏木匠的铺子里，避开柏木匠，把火盆随便交给哪个伙计，把责任往别人身上一推了事。又或许，和店铺里的孩子们玩耍的时候，制造出是孩子们把火盆砸坏了的假象，嫁祸他人。"啊，我到底是怎么？"小傅气愤地质问自己，难道要让无辜的人为自己背黑锅？他把火盆紧紧地抱在怀中，等到城外的人群开始涌进城里时，便顺着人流被连推带搡地往回走了。

在回铜匠铺的路上，小傅特意选择一些弯弯曲曲的小道走，尽可能地拖延时间。街上那些本可以引起他强烈好奇心的事物，他现在全都视而不见了。他的整个心仿佛都被这破损的火盆给碾碎了。

离铜匠铺子越来越近，小傅的脚步也越来越沉重。唐老板会怎么惩罚自己，小傅不知道，但是毫无疑问，一场严厉的惩罚在等着自己。小傅拖着沉重的步伐,缓慢地迈过门槛。小邓见他这个时候回来,咧着嘴冲他说了几句嘲讽的话,小傅全然没有听见。还好,唐老板在炉子间里,小傅直接走了进去。

唐老板看到小傅站在面前,大吃一惊:"你怎么这么早就回来了?"随后目光落在了破破烂烂的铜器上,顿时愣住了,厉声问道:"发生了什么事?"

"我不小心把柏木匠的铜器给摔坏了。"

"什么!"唐老板从小傅手中抓过火盆,"你还有脸回来告诉我?"

小傅惊恐万分,一副可怜兮兮的样子,从嘴里吐出几个字:"除了回来,我也不知道该怎么办了。"

唐老板看小傅这个样子,不由地开始好奇发生了什么事情,他压下方才涌上来的怒火,隐约觉着事情没那么简单,一定有什么蹊跷。于是把小傅拉到墙角,让他解释清楚。

小傅于是把今天发生的事情一五一十地叙述了一遍,和他预料的一样,没等小傅说完,唐老板就打断了他,"你是怎么和这些人结下梁子的?"

小傅只好把三个月前发生的事情又说了一遍。

"为什么士兵偏偏问你,而不问别人呢?"

小傅知道唐师傅这么问是故意在给自己下套,但还是老老实实地回答了:"当时我一直在场。"

"这么说,你是那天大马路上唯一一个没事闲着到处凑热闹看笑话的人了,是不是?原来每次让你跑腿送货,你都在外面瞎晃悠、磨洋工,你浪费在路上的时间,可够我们赶上好几个火盆了。"

小傅懊恼地低下头,目光在地板上游移。他本以为借着给唐老板外出跑腿送货的空当，四处溜达溜达，偷得浮生半日闲，是件多么聪明的事儿，可现在呢？"我没想那么多。"他抱歉地说道。

"你们年轻人做事都是这么不动脑子吧！"唐老板挖苦道，"下次还对那些鸡毛蒜皮的破事感兴趣时，就想想我今天说的话！'有志者，事竟成！'有多大的志向，就会做多大的事情！"

小傅被唐老板羞得面红耳赤，一想到早上还得瑟的跟什么似的，现在简直无地自容。他站在那儿等待着惩罚，但是唐老板似乎忘记了他的存在，用手轻轻地抚摸那个变了形的铜器。看到小傅还站在那儿不动，猛地抬头，问道："你没事可做了么？干活去！"

小傅吃惊地倒吸一口冷气。"这就算完了？您，您不惩罚我了？"他结结巴巴地说。

"打你一顿，这火盆就能变回原来的样子么？当然罚还是要罚的，这个月里，外出跑腿送货的活儿都交给小李，你待在铺子里，一步也不准离开，看看我们是如何分秒必争地干活儿的。别磨蹭了，这个点，该有人看火了！哎，什么时候，老天爷能给我派个徒弟，吃多少饭干多少活呢？"说完，唐老板拿着火盆，离开了房间，留下小傅站在那儿茫然不知所措。小傅愣了几秒钟，赶紧抓起风箱，拼命地把火吹旺。

这样的惩罚大大超出了小傅的预料，虽然被剥夺了外出跑腿的活儿，但这全是他自己活该。事实上，是唐老板而不是小傅因为这火盆而遭受损失。一件昂贵的铜器被毁了，这对唐老板来说，损失材料是小事，浪费了大家的心血和时间才是最大的损失。想到这里，小傅羞愧难当。能做唐师傅的学徒，是城里多少人梦寐以求的事情啊！他给唐师傅做学徒，唐师傅的事情就是小傅自己的事情，唐师傅的荣辱就是他自己的荣辱啊！这是小傅之前没有意识到的东西，但现在他要把这一点牢记于心。他一边这么想着，一边用钳子熟练地夹起一块煤炭，把它放在炉子中，让它燃起熊熊烈火。

第五章
贱卖"龙之息"

对小傅而言,这个月里剩下的每一天都是一种煎熬。小傅不知道唐老板是怎么跟工匠们解释火盆的事情的,但是,偶尔听到别人将"乞丐"和他的名字连在一起的时候,他总会变得疑神疑鬼。看到小傅整日在店铺里足不出户,小邓便认定他是闯下了什么弥天大祸,一有机会就跑到他面前,冷嘲热讽一番。不过,唐老板是个守信用的人,等到下个月到来的时候,小傅终于被解除了门禁,又可以外出跑腿送货了。重获自由的小傅欣喜若狂,也倍加珍惜这来之不易的机会,每次送货的速度都快得不可思议。

和小傅结伴送货的小李,终于按捺不住,向小傅抱怨起来:"在你闯祸之前,送货用的时间可比我长多了,现在呢,走起路来好像后面有衙门追着你跑似的!"

小傅看着小李气喘吁吁地跟在后面,有点不忍心,不觉地放慢了脚步。小傅不会这么快就忘记上次的教训,但是也不能搞得小李这么上气不接下气呀!就连唐老板也开始夸赞小傅办事效率高了很多,尽管这夸赞还是夹杂着惯常的嘲讽语气,但是小傅能感觉到唐老板对自己的进步很是满意。

小傅当学徒已经一年多了,再有一年多,他就可以正式出道了。到新年的时候,正好是小傅入行一年半。时间过得真快!再有一年半,小傅就能成为名副其实的工匠了,可以凭借自己的手艺去赚白花花的银子,养活母亲和自己。到那个时候,母亲就可以辞去猪鬃铺的活儿,因为小傅有能力照顾她了!小傅自认为自己比店铺里其他的工匠们都更加聪明更有慧根,哪怕他们总是瞧不起他的焊接手艺,哪怕老祖师傅一看到小傅尝试新鲜的设计就捂着眼睛，装出一副惊恐的表情。但小傅相信，总有一天，他会让他们看见自己的实力。还有一件事，只有小傅自己知道——在铺子里，除了唐老板和账房，就数他自己识字最多了。

接下来的几个星期，日子依旧过得波澜不惊。偶有一两次，老祖师傅还夸赞了小傅自己设计的小玩意。小傅的自信心迅速膨胀起来，老祖师傅的肯定恰恰证明了小傅是个有前途的人啊！可惜这种快乐没持续多久，突如其来的一件打击就让小傅那自信满满的小宇宙轰然倒塌。

一天傍晚，小傅送完最后一批货，回到了店铺。时间还早，唐老板就放了他的工，让小傅出去玩一会儿。没想到还有这样的好事，小傅先是愣了一会儿，接着喜出望外，把皮围裙叠好摆放整齐，蹦蹦跳跳地跑上了大街。一时也想不出特别想做的事情，小傅就来到了窃贼巷，两旁的店铺明目张胆地摆放着各种偷来的东西，琳琅满目的，小傅一件一件地看，却生不起半点兴趣。于是，拐个弯来到了更大的商业街，就在那儿被厄运抓了个正着。

小傅在一家珠宝店门口停了下来，店里挂着一个闪闪发光的镀镍手表，表盘又大又圆，奇怪的是，表面竟然是黑色的！小傅平生也见过几块表，但这种黑色表盘的手表，小傅还是第一次见到，不由得大为惊奇。他停下来，细细地打量这块表。然后，如同命中注定一样，他竟鬼使神差地跨过门槛，走进了店铺，询问店主这块表为什么是黑色的。

珠宝商是一个姓许的老板，生得肥头大耳，一看就是有钱人。他深谙做此买卖的各种伎俩，一见到小傅就开始给他下套了。"我不认识你啊，小兄弟！"他说，"但我一见你，就知道你是个聪明人！这款宝贝已经在我这挂了三天了，你是第一个发现它与众不同的人，你可真是独具慧眼、品位不凡啊！"

第五章 贱卖"龙之息"

刚见到珠宝商这副相貌,小傅多少还有些警惕之心,但这一番谄媚的开场白一下子就击垮了他所有的防备之心。小傅还从没被人如此抬举过。他张大了嘴巴盯着许老板的脸,许老板对小傅的认可顿时让他觉得这张脸变得魅力十足。没等小傅反应过来,许老板已经把表取下来,招手把小傅唤到店里一个阴暗的角落。小傅走过去,直看得目瞪口呆。那只表在黑暗中闪闪发光,仿佛变成了活物,表面上指针瞬间变成了无数火蛇。小傅顿时僵在那儿不动了,许老板看在眼里,心中很是得意。小傅拼命掩饰自己发颤的身体,哆哆嗦嗦地咕哝了一句:"太神奇了!"

许老板已经看穿了小傅的心思,继续耍着花招。"偌大个重庆市,也只有你一人看出这是进贡给皇上的礼物。你一定见识过很多地方,读过很多书,才会有这般了不起的见识。你别小瞧这宝贝,它还是第一次出现在重庆市呢!"

小傅一听这话,兴奋得差点晕过去。许老板继续用他那慷慨激昂的声调说道:"让我把这块表给你戴上吧!要知道我的宝贝能够找到一位这么年轻有为的主人,那也是多少年修来的缘分啊!只要想到我的宝贝是戴在你的手上,我做梦也会笑出声来呢!我虽然失去了一个宝贝,但能结交到像你这样博学的有才之士,可真是三生有幸啊!让我做出再大的牺牲,我也愿意啊!"

"你要把这么贵重的礼物送给我?"小傅不敢相信自己的耳朵。

"是啊!"许老板强调说,"是啊!你现在就可以把这块表带走了!我只有一个小小的请求:你在这张纸上画个押,让邻居老刘来做个见证,等你哪天发达了有钱了,送五个大洋过来就行了,算是对我送您这份礼物的小小回报吧!"

话音刚落,邻居老刘就噌地站到了他们面前,小傅还没缓过

扬子江上游的小傅

神来,事情就已经办妥了。等小傅反应过来时,他发现自己已经站在了回家的路上,手里拿着那块表。

刚得到宝贝的兴奋劲儿很快就被傅大婶的恐慌给磨灭了。一听说小傅欠下了五块大洋,傅大婶顿时吓得半死。"我们要上大街要饭啦!要被饿死啦!"她哀号着,"你把我的棺材本都赔光啦!"说完,傅大婶便泪如雨下。她毕生最大的心愿就是生前攒够了钱,买具体面的棺材,可以风风光光地下葬。她做梦都想着在戴老板简陋寒碜的屋子里,能有一个散发着清香的大木头盒子,可以当做箱子或者桌子,没事的时候放放东西,等她闭眼的那一天,往里面一躺,完完整整地占据它。现在好了,她所有的指望都没了!她那不争气的儿子一个子儿没给她挣着,她自己的收入又十分微薄。五块大洋的债务实在是背得莫名其妙,全都是这傻儿子鬼迷心窍了,非要买下这洋人的破玩意儿!"我们要这块表干什么用呀!"傅大婶尖叫着质问他,"我要想知道时间,出门看看邻居家猫的眼睛就可以了!"

面对傅大婶的责骂,小傅无言以对。突然,他跳起来吹灭了蜡烛,让傅大婶在黑暗中看那块表。傅大婶看着那闪闪发光的手表,更加歇斯底里了,"这下好了!你把洋人的鬼魂都给召进屋了,你是想折我的寿啊!我怎么这么命苦,生出你这么个没头没脑的儿子啊!"

接下来的一段日子里,小傅每晚回家都要忍受傅大婶没完没了的唠叨,每天早上去铜匠铺的路上都会碰到许老板和邻居老刘,一遍一遍地提醒他欠下的五块大洋和那按了手印的"小纸条"。在这双重的折磨下,小傅苦不堪言,日渐消瘦。以前那自以为是、自作聪明的精神劲儿早不知道飞哪去了。他甚至觉得,傅家有史以来就没出现过像他这样的笨蛋!

随后，老天爷好像觉得小傅还不够倒霉似的，连那块价值五块大洋的手表也失去了魔力。它本来是一个中国人在美国花九十个铜板买的，跟着主人漂洋过海来到了中国。就在小傅买下它的第二个月，一天早上，主发条"滴滴答答"地哼了两声就彻底断了气，其他的零件也都罢了工。几天之后，可能是不适应重庆潮湿的气候吧，原本闪闪发亮的小火蛇也变得越来越暗淡，最后和漆黑的表面融为一体了。整块表报废了。

"我真白痴！我买下这块表的时候，它就已经坏了！"小傅厌恶地冲自己吼着。但是，傅大婶却露出了几个星期以来的第一个笑脸。这段时间里，傅大婶不断地往观音庙里供奉着香火和大米，在她的祈求下，表里附着的洋人鬼魂总算是死掉了。自此以后，傅大婶照样对小傅唠叨责骂，但是语气比以前缓和多了。

傅大婶东挪西凑，先还了许老板两块大洋。但是新年马上就要到了，还有三块大洋还不上。傅大婶不愿意再从积蓄中拿出一分钱来还账，因为那些钱是她要用来买祭品供奉菩萨的，欠一个凡人的钱总好过欠一个神仙的钱吧！"要是不拜神，来年会有更多的麻烦！"她告诉小傅，"就因为你做的蠢事，我们已经很不受老天爷待见了！"

灶神前往天庭见玉皇大帝的那天晚上（春节的前一天），傅大婶因为怕灶神告御状，特意在平时供奉的蜜饯上滴了几滴酒，希望灶神可以看在她一片诚意的分上，不要把家里的丑事全都说给玉皇大帝听了。这一年，傅大婶的贡品十分丰富，几乎把每一位神仙都照应到了。

"但是，那个许老板——"小傅结结巴巴地说，"许老板说他的钱必须还掉！离新年还剩下一天了，到时候，衣服和食物都得是新的，一年的债务也得一笔勾销，到时他肯定会找上门来，然后——"

一提到还钱的事傅大婶就心烦,她不耐烦地打断小傅,"那是你自己的事情!表是你自己买的,要还钱你自己还去!"

小傅苦闷地想着接下来几天的对策,直到下午还是没想出可行的解决办法,债是肯定还不了了,倒不如出城避几日,等年关过了,再回来从长计议。因为过节的缘故,唐老板特许伙计们早点下工,小傅立马展开了自己的出逃计划。

有几次,傅大婶提过自己还有一个外甥,是她大哥的儿子,据说就住在扬子江那头的山上。舅舅已经不在人世了,但是傅大婶认为嫂子还在,一直念叨着哪一天要亲自去山上看看他们,一来可以去乡下走走,二来可以把亲戚之间的联系再稳固起来。而现在,不是傅大婶,是小傅自己要去见一见这传说中的表哥,还是在如此狼狈不堪的情形之下,想到这里,小傅不禁悔恨地笑了笑。

来到河岸边,小傅和船夫商量着帮他免费搬运货物,然后船夫免费载他过河,船夫同意了。过了河,小傅向船夫再三点头表达谢意,随后便慢慢沿着小路上山,赶往第一个村庄。他的蓝色棉衣和棉裤在寒风中拍打着他瘦弱的身体。愁云惨淡的天空就像一只冰冷、潮湿的大手紧紧地贴在他身上,好像找到了一个永久的依靠一样,一步也不愿离去。小傅浑身哆嗦着,山上比山下可冷多了。而且他一无所有,贴身的腰包里只装着八个铜板。在一年之中最最重要的节日前夕,小傅却背负着债务一个人逃离重庆,远离母亲。这一切又怪得了谁呢?要怪也只能怪他自己,禁不住许老板的几句谄媚诱惑。小傅痛苦地耸耸肩,不再去想,来到第一个村庄,走进了一个茶馆,叫了一碗热茶喝了起来。

山路蜿蜒,行人却不少。一些装饰精美的轿子上悬挂着厚重的锦缎和鲜艳的流苏，轿夫们把轿子稳稳地架在肩膀上，大步流星地走着山路，很是熟练！更多的是一些小型的、敞开的芦苇轿子，主要是用来抬那些走不动山路的游客的。很多游客在上山或者下山的时候，会租一顶这样满是裂痕和疤痕的轿子，轿夫们抬着破轿子，吱吱呀呀、晃晃悠悠地奋力前行，仿佛随时都有可能把轿子里的人摔到路边似的。

小傅看着川流不息的人群往江边的渡口涌去，那儿有船只横渡扬子江开往重庆。这些人们因为种种原因背井离乡，流落在外，直到过年，才风尘仆仆地赶回家乡，与亲人团聚。在这样的节日里，没有一个中国人不是怀揣着激动的心情往家赶的，不论天气有多恶劣，不论旅途有多不便，他们都会义无反顾地踏上回家的路。除非是没有赚到钱，欠了一屁股债，否则没人还在外地逗留。一想到这里，小傅就很郁闷，这两个原因他全占了。不然的话，他现在一定是和母亲一起守在戴老板的房子里，开开心心地过年了，尽管那房间又潮湿又狭小，但现在对小傅来说却是最温暖最舒适的地方了。

深深的思念加上这一条江水的遥远距离，足以让小傅觉得就是重庆市市长的豪华府邸也比不上他那小破屋。火盆里的炭火一定是烧得旺旺的，足以温暖他冰冷的手脚。傅大婶也一定为年底准备了丰盛的食物，在供奉各路神仙这一方面，傅大婶可是从来不小气的。等各路神仙把美味佳肴享用完了，小傅和傅大婶就可以将剩下的食物一扫而光。一想到那涂满四川辣酱、浸泡在鲜美独特的汤汁里的各色佳肴，小傅就忍不住流口水。

在过去的几周里，傅大婶为自己和小傅一人置办了一套新衣服和一双黑色的锦缎鞋子。鞋子是傅大婶一针一线缝制起来的，鞋底板是傅大婶从街上捡来的纸片和硬纸板，先把它们糊好，再

第五章 贱卖"龙之息"

在外面包裹上一层厚实的布，用针按照之前画好的模型给缝上去，既美观又大方。

一天晚上，小傅很晚才从王秀才家回来，正好看见疲倦的母亲正佝偻着背在帮他缝制鞋底，小傅不禁一阵心酸。"您干嘛如此费心做鞋子呢？"他问道，"重庆的路面总是泥泞不堪，穿这种鞋子走在上面，很容易弄坏的。你看我这双草鞋，才穿五天，好多草都断了呢！迟早都要坏的，您就别费那么大的劲去缝制了。"

傅大婶知道小傅说的是实话，她也从没想到重庆市的路面会这么脏！无论是石梯还是街道，都是湿漉漉、滑溜溜的，重庆市的供水系统有问题，市民们千方百计地利用周围的河流，每天都会有大批苦力穿过水门，挑着盛满水的水桶，沿着上山的路艰难地往上攀登。这样的工作一天不知道要重复多少次，才能保证整个重庆市市民的饮水和洗浴。

"要是不做些结实耐用的鞋子，那材料和精力不就都浪费了么？"傅大婶反驳道，一边斜着那双因为过度缺乏睡眠而近乎半瞎状态的眼睛，一边一针一线地缝着。

不过，不管小傅怎么懊恼今晚不能美美地饱餐一顿，不能穿上母亲做好的新衣服，也只能在外面熬一夜才能回家了。他付了茶钱，询问了一下农场的位置，又出发了。走在阶梯状的田埂间，沿着弯弯曲曲的小径拾阶而上，小傅觉得寒风变得更加刺骨了。好在不一会儿，他就发现自己走到了谷底，眼前就是表哥的小农田。

表哥的房子站立在漆黑的夜色中，周围一片寂静。小傅砰砰砰地敲起了门，过了一会儿，有人应道："谁啊？"

"我是傅云发，是你姑姑家的儿子，刚从重庆那边赶过来。"

"我怎么知道你是不是我姑姑家的孩子呢？"

傅大婶曾经给小傅讲过一些他们家族的历史，小傅搜肠刮肚地拼凑了一些全都说给表哥听了。过了一会儿，只听里面的门闩被一拉，门露出了一道缝，一盏纸灯笼飘了出来。看到面前这个瘦弱的男孩没有半点威胁性，"表哥"就把他请了进去，一边关好门，一边问道："你怎么这个时候跑这里来了？"

表嫂匆匆忙忙地给小傅准备了一碗热茶和一碗糖鸡蛋，小傅一边吃东西，一边把事情的缘由一五一十地说了。一家人坐在小傅旁边又困又冷，听到小傅说是因为躲债才爬上山找他们，又是一阵惊恐。表哥连声责骂小傅不该贪慕虚荣，买自己根本负担不起的东西。角落里还裹着铺盖的一个老婆婆也开始嘟嘟囔囔起来，说傅大婶真是可怜，摊上这么个儿子，家门不幸啊！小傅听着众人的责骂，心里更加难受起来，心想着早知道还不如在山上吹冷风算了。好在亲戚们不久就停止了责骂，给他收拾了一个舒适的地方睡觉，屋里又恢复了平静。

第二天，大家起床的时候，天还没亮。小傅刚想伸个懒腰继续睡，就被门口一阵吵吵闹闹的声音给惊醒了。

"快起来！"表哥冲他喊道。

小傅从温暖的被窝里一跃而起，跑到了屋外。漫天飞舞着一些奇怪的白色物体，它们洋洋洒洒地、缓缓地打着旋儿飞下，落在他们的衣服上。

"是羽毛！"小傅惊叫道。

"是雪花！"表哥纠正道。

小傅和表哥家里的孩子们看着漫天飞舞的雪花，欣喜若狂。"雪？这真的是雪么？"他又急切地问表哥，"我还从来没见过雪呢！"

"我自己也只见过两次——一次是很小的时候，再有就是今天早上了。这可真奇怪！"

大伙儿就回到了房里。小傅从地上抓起了一把雪拿进屋里给表嫂和老婆婆看。老婆婆正把她那双三寸金莲放在火盆上取暖呢，一面还对着水烟筒吞云吐雾。她伸出一根手指，蘸了蘸小傅捧进来的雪。

"我年轻的时候啊，"她说道，"大家都把这雪看作新年的好兆头，'瑞雪兆丰年'嘛！这可是龙王爷呼出的寒气啊！"

"哎呀！"小傅突然叫道，"雪不见了！"他失望地看着自己那双湿漉漉的手。

老婆婆咯咯咯地笑了起来。"暖和和的春天来了，冬天就要走了。你的手掌是温暖的，所以雪就化了啊！"

小傅转身走出了屋子，来到室外，看着周围的田野，在晨光的沐浴下，隐约可见朦胧的轮廓。群山、田野、树木，甚至还有那蜿蜒的小径，全都被笼罩在这神奇的白色魔法中。这美丽的雪花，洁白得如同玉石一样莹润，轻柔得如同蚕丝一样飘渺。"龙之息！"他盯着周围白茫茫一片。"龙之息！龙之息！"他不禁重复了几遍，念着念着，一个好主意诞生了。

小傅回到屋里，对表哥说道："你能借我两个大箱子么？"

"应该有的，"表哥回答道，"可是你要箱子做什么用啊？"

"我要用箱子装满雪，带回重庆！"

"费这么大周折带两箱子雪回重庆干吗啊？"

"老婆婆说这雪是'龙之息'，能给人带来好运！我一到重庆就把它们给卖了，赚钱来还债！"小傅回答道。

老婆婆一听这话，惊讶地把水烟管从嘴边移开。"这可不行啊！你会触犯龙王的！龙王要是发起火来，可就——"她猛地住了嘴，大过年的实在不该说那些不吉利的话。没人比老婆婆更清楚,大过年的要是提到贫穷、疾病或者苦难这样的话语,新的一年肯定会灾难不断!让这个傻小子忙活去吧,她什么也不说了,接着又抽起水烟管来。

吃了一大碗米饭,又喝了一碗热水之后,表哥找出了两个箱子。小傅真诚地向表哥一家人表示感激,又致以新年最美好的祝福,便一个人上路了。

小傅启程的时候,天才蒙蒙亮,雪还在飘飘洒洒地下着,银装素裹地装扮着这世界。小傅挑着箱子转过身,朝着表哥家的农场喊了一声"新年快乐!"他的声音在山谷里回荡了很久。

小傅一直匆匆忙忙地赶路,直到感觉雪已经越来越小了,便停下来稍作休息。他打开箱子,又添了一些雪,把它们拍打成结结实实的硬块才罢手。他马不停蹄地赶路,直到抵达河边,果然不出他所料,山脚下一点雪的迹象也没有,那么城里一定也没有下雪了。小傅大喜,四处张望,看有没有泊好的船只,好送他过河。小傅生怕自己会在岸边等待很久,这雪很快就要融化了。可是,这大过年的,行人本来就少,船只就更少了,除非万不得已,船夫是不会出来工作的。正着急没船载他过河,小傅忽然看见百米外有一只船正要开动,小傅一边跑,一边喊着让船夫等等他。

船夫瞅了瞅船上满载的橘子,喊道:"今天过河要十个铜板!"

"我给你比十个铜板还要好的东西!"小傅喘着气,晃晃悠悠地上了船。

小傅气喘吁吁地,过了好一会儿才平静下来。他打开一个箱子,从里面捧出一团雪,揉成了一个白色的雪球,送到船夫的面前。船夫惊讶地瞪大了眼睛。

"这是什么?"船夫问道。

第五章 贱卖"龙之息"

"这是'龙之息',是我从山上带下来的!"小傅回答道,"它可以在新年给人带来好运。"

"啊?"船夫惊了一声,立刻被这冰冷的雪白的小球给吸引了,双手接过雪球,小心翼翼地把它放在脚边的船板上。

不久,船就在重庆市靠了岸。小傅挑起箱子,沿着陡峭的石阶往上攀缘,很快就进了城门。小傅在一条繁华的街道上停了下来,这儿离许老板和唐老板的铺子都还有段距离。小傅把箱子放在了一堵石墙的拐角处,开始准备做生意了。他长舒了一口气,好让自己放松下来。自己终于又安然无恙地站在了重庆市的大街上,如果一切顺利的话,他很快就能回家了。想到这里,他鼓足勇气大声吆喝了起来。

此时已经是早上九点,因为过年的缘故,大家都起得比较早。人们在家中举行了迎灶神的仪式,仪式完毕,开始享用丰盛的早餐。用完早餐,人们穿上新衣,走上大街,开始了一整天的庆祝活动。空气中洋溢着欢乐的气氛。狭窄的街道上挂满了五颜六色的小旗子,在人们的头顶上飘飘荡荡。就连那些看起来又脏又破的屋子门前也挂起了漂亮的彩旗,上面写着烫金大字,表达对新的一年最美好的祝福。家家户户都在门前最显眼的位置贴着众神的剪纸和画像,有观音、度厄菩萨、王母娘娘、门神以及一切可以驱邪避凶的各路神仙。各种各样的灯笼和玩具在大街小巷随处可见,等着人们来购买。新年来了,整个中国都沉浸在庆祝节日的欢乐祥和之中。

熙熙攘攘的人群把街道围得水泄不通。小傅使出吃奶的劲儿,扯着嗓门开始叫卖他的货物,还真吸引了一大群人的注意。路人立刻涌了上来。

"这是什么?干什么用的啊?"人们纷纷问道。

"这是'龙之息',是龙王呼出的寒气,我从山上带下来的。只要在手中放一点儿,来年就会有好运不断!这一小块五个铜板——只要五个铜板,就能换来一年的好运!"

话音刚落,人们纷纷伸出手争先恐后地要买。"这是给这位小朋友的,来!拿着!只要一点点就够了!放在手中,它烧到你了么?那就对了,就一会儿!你看,没了,这就是'龙之息'。"

"小妹妹,不要怕!它能给你带来好运,让你远离伤害!"

生意十分红火,小傅的手都被冻疼了。无数个铜板从四面八方哗啦啦地流进了他的小腰包。小傅只能等到一拨人大笑着离开,才能把手放进袖子里暖一暖。等到又有人过来时,他再大声吆喝接着做生意。小傅就这样在那儿足足站了一个小时,一会儿卖卖雪,一会儿暖暖自己冻僵了的手。最后两个箱子里的雪都卖完了,只剩下一小摊水。

小傅扛起空箱子朝着自己平时活动的街道走去。在距离许老板一里外的门阶旁停了下来,他把钱袋解下来,把里面的铜板都倒了出来,认认真真地数了起来——一共三块大洋外加四十个铜板。他把那四十个铜板放回袋子里,径直朝许老板的店铺走去。

因为是过节,店铺的大门还紧闭着,小傅敲了好一阵子,许老板才来开门。他手里还提着个烛光摇曳的灯笼,打开大门后惊讶地看到小傅站在门口。"你在这干什么?你之前躲哪去了?"

小傅鄙夷地看了看许老板手中的灯笼。这个许老板和其他生意人一样,大白天的还打着灯笼,就是想要告诉他的债务人,只要是欠了他许老板的钱,这新年就别想过了。不过,小傅很快就要脱离苦海了。他突然直视着许老板的脸,理直气壮地说道:"我是来还钱的!至于我之前去哪了,那是我的事,不用你管!"说着把钱丢给许老板,"赶快把欠条给我!"

和许老板之间的债务得到了圆满的解决,小傅重又踏上回家的小路,这是数周以来,小傅第一次可以如此畅快地呼吸了。他还清了许老板的债,又重新回到了重庆,腰包里还多出了四十个铜板!"龙之息"果然能够给人带来好运!

"开门开门!"此刻,小傅已经站在了戴老板公寓的门前。

傅大婶拉开门闩,一看是小傅回来了,一阵惊慌。"他找到你了?"她问道。

"那都是过去的事情了。"小傅回答道,"我已经找到办法把事情给解决了!"

"我的小祖宗,你哪来这么大的能耐啊?"

小傅就知道母亲会不相信,得意扬扬地笑了笑,把事情的经过给傅大婶解释了一遍,听得傅大婶一句话也说不出来。小傅伸手去摸腰包,掏出了四十个铜板。"给!这四十个铜板是我孝敬您的新年礼物,您就攒着以后买棺材吧!"说着,把钱放在了傅大婶手掌里。傅大婶看着手中真真切切的铜板,眼神立刻柔软了下来。

"现在说说看,"小傅伸手去够桌子上摆放的水果,"您还觉得我是傅家最笨的人么?"

傅大婶没有搭理他,现在也没必要提醒得意忘形的小傅,家里还欠着两块大洋呢!毕竟小傅今天破天荒地赚了这么多钱,还是以这种前所未闻的方式,这至少说明小傅不是没长脑袋啊!傅大婶把那四十个铜板藏在灶台下面一块松动的石板里,自顾自地笑了。这下好了,傅家祖宗终于不用再为小傅之前愚蠢的行为而感到羞愧了。傅大婶释然地松了一口气,看来这一年她娘俩儿要行大运了!

假期结束,唐老板的铺子重又开张了。小傅非常想把自己了不起的经历说出来炫耀一番,但还是忍住了,故事的后半段确实很精彩,但前半段说出来就要丢脸了。有那么一两次,他很想把自己的光辉业绩分享给小李,但话到嘴边,又给咽了回去。实在没必要通过让人们知道他之前有多愚蠢来证明自己是个顶顶聪明的人呀!许老板和那块表的故事,还是埋藏在小傅的记忆深处好了,那才是它们该待的地方。

第六章
勇斗火龙

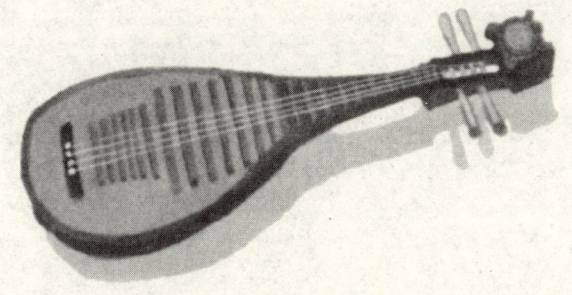

三个月之后的一天，小傅送十个小铜壶去一家新开张的茶馆，碰巧路过许老板的珠宝铺。小傅扫了一眼铺子，嗤之以鼻地走过去了。就在三个月前，小傅还总是绕着道儿不敢走这条街，而现在，他偏要走这条道儿，还走得理直气壮。想到三个月前，小傅为了躲债逃离重庆，上山避难，后又在重庆市的另一头卖"龙之息"，总算把债给还了。小傅现在无债一身轻，倒是抓住任何机会在许老板的铺子前晃悠两下，让许老板看到他小傅对他店里的珠宝是多么的不屑一顾。于是，小傅每天外出送货都会找机会溜到这条街，许老板呢，似乎掐准了小傅什么时候会出现，每次都避而不见。小傅琢磨着，这许老板现在肯定是对他又气又恼。想当初，许老板把这么一块不值钱的洋手表高价卖给小傅，足足诓了他五块大洋，小傅现在没事就去骚扰一下他，算是对得起那冤枉了的五块大洋了吧！

突然街上一阵骚动。路上的挑夫、轿子、行人纷纷退让到路的两边，一群士兵在前面奋力开路，后面跟着四个穿制服的轿夫，他们肩上扛着一顶轿子，大摇大摆地在街上穿梭。这群人在拥挤的街道上横冲直撞，毫无避讳，所到之处就像一块原本很整齐的田地，被一把锋利的犁耙耙过，露出一条深深的沟壑。小傅吓得要命，紧紧贴着墙壁，大气不敢出。直到队伍最后面的人影也消失在远处，小傅才长舒一口气，定下神来。对于像小傅这么大的年轻人来说，重庆市的士兵们是一个持久的威胁。和他自己亲身经历的一样，很多年轻人在大街上被士兵强行抓去当壮丁，去干一些没人做的苦活重活。最惨的就是被派到河边当纤夫，去拉搁浅在峡谷中寸步难行的大船。有机会活着逃回家的那些人，多半身心大受摧残，要过很久才能恢复。

王秀才说战争是万恶之源，数世纪以来，古代圣贤一直教导子孙，发动战争是一件多么愚蠢的事情，可是子孙们偏偏不听教诲，倒行逆施，自作自受。重庆市因其重要的地理位置，历来是各大军阀必争之地，往往是哪个军阀强大了，就来到重庆称王称霸一阵子，接着再不停地换头目，没个消停。时局变动得太快，以至于普通老百姓根本跟不上形势的发展，也不去管现在的重庆市由谁说了算。除非是店铺被打劫，孩子被拉去充军，否则日子该怎么过还是怎么过。谁做老大，老百姓不管，也管不了。茶馆照常营业，铜壶一个接一个地做，就好像重庆市一直处于太平盛世一样。

小傅来到茶馆，发现里面已经座无虚席，第一天就博了个头彩，掌柜的十分高兴，笑得合不拢嘴，很爽快地签收下了十个铜壶，还给小傅端了一碗热茶。小傅郑重地双手接过茶，在重庆市还从来没人这么尊重过他呢！心里很是激动。喝完热茶，小傅很不情愿地离开了这个充满欢声笑语的茶馆，慢吞吞地踱回铜匠铺。

烈日当头，大街上热浪滚滚。路面的石板缝里积着多年的污垢，一脚踩下去，那缝隙就像小型的喷泉一样，吱吱呀呀地冒着脏水。乞丐们裹着破烂的衣服，四处乞讨，十分招人厌烦。垃圾和腐烂的东西，散发出一股难以名状的臭味，充塞人的鼻孔，让人窒息。不过，等雨季一过，扬子江对面漫山遍野的杜鹃花就会被娇滴滴的兰花和野玫瑰所取代。每家店铺里都摆放着一束束鲜花。走着走着，小傅在一个柜台前停了下来，那里摆放着一盆枝叶横生的灌木，小傅凑上前闻了闻，一过刺鼻的怪味儿，是烟的味道！小傅往四周张望了一番，没看见有人生火啊！可能是哪个女人做饭的时候不小心把一块破布掉进了炭火盆了吧！

小傅回到铜匠铺时，大伙儿已经开始吃午饭了。小傅拿起自己的碗，盛了一小碗米饭。刚刚在茶馆吃了一大碗茶，现在一点胃口也没有。吃完饭，他和小李找了一个洒满阳光的角落，一边晒太阳，一边嗑瓜子，瓜子是小傅从茶馆装回来的，总共也没多少粒，就当是开开胃吧。唐老板和其他几个师傅坐在一旁吧嗒吧嗒地抽起了烟。不远处零星地传来几声枪声，枪声没有引起任何骚动。在重庆市听到枪声没什么好稀奇的，大家早就见怪不怪了，就像听到喜鹊在头顶叽咕了两声一样。小傅突然想起早上碰到的横行霸道的官轿，便跟大伙儿提了一下。

"谁的轿子？"唐老板饶有兴趣地问道。

"我不知道啊！"

唐老板把烟管从嘴边拿开。"可能是徐大帅的轿子，也可能是官级低一点的官员的轿子。要是徐大帅能够重新掌权，把刘大帅那个混蛋给赶走，那才叫老天有眼呢！"

"徐大帅对刘大帅做了什么了？"

"没什么！要是真打起仗来，遭殃的可是我们这些手无寸铁的老百姓。"唐老板叹了一口气，"徐大帅一来，那刘大帅就带着自己大部分的士兵撤退了，但他还是会回来的！刘大帅的那些支持者们还在这作威作福哩！要我说啊，除非那些混蛋全死光了，否则，徐大帅就必须要提高警惕，把心提到嗓子眼才行。刘大帅那恶魔迟早要卷土重来。"

大伙儿又继续工作了。下午，小李外出送货回来时，大喊着城墙外面失火了，具体位置就在洋人开的医院下面。小傅听着，头也不抬地继续忙他的焊接。心想着，中午闻到的那一股烟味，估计就和这火灾有关系吧。不过，没关系，只要不烧到椅匠路，其他地方随便烧吧!

黄昏时分，小傅匆匆忙忙地往家赶。空气中弥漫着一股呛人的烟味，一些东西被烧焦的灰烬悬浮在空中，被风一吹，肆意地飘向房顶和街道。人们相互探寻着发生了什么事情。小傅走进自己家，坐在桌子旁，端起傅大婶给他盛的面条呼噜呼噜地吃了起来。傅大婶压低了声音，问小傅关于火灾的事情，小傅说自己也不太清楚。等小傅一碗面条下肚了——这可比唐师傅店里的米饭美味多了——他便自告奋勇说要出门看看情况。

傅大婶一听，吓得合不上嘴。"你这浑小子，想把我们娘俩都给烧死么？"她质问道，"打从你出生起，我就一直告诫你，火龙王发威的时候，你只能做一件事，那就是别让他看见你！躲得越远越好！你这样多管闲事，会引火上身的！"

小傅把碗里最后几根面条扒进嘴里，站了起来。"火龙王要烧的是洋人开的医院，跟我有什么关系！我只是去瞧瞧！"

傅大婶惊慌地责骂道："你们这些年轻人就会找麻烦——一天到晚就对那些不该管的闲事感兴趣。我在你这么大的时候，大人们说什么我都毕恭毕敬地听着。你现在倒好，什么也不听了！火龙王正在发火，你去瞎掺和什么啊？！但凡表现出同情心的人也同样会遭到火龙王的惩罚，一把火把你也给烧了，你才高兴哩！这种事情，远远地看着就行了，躲得越远越好，别惹祸上身！"

小傅笑话傅大婶的担心太过多余了。"我会老老实实地躲在人群里的，"他发誓说，"一定不让火龙王看到我！"没等傅大婶过来阻止他，小傅已经溜出大门，不见了。

傅大婶惊呆了，站在原地一动不动，心里总有一种不好的预感。她那笨儿子怎么就学不聪明呢？！傅大婶从她那可怜巴巴的积蓄中摸出了三个铜板，揣在怀里，把大门紧紧地关上，往街上走

第六章 勇斗火龙

去。傅大婶迈着她那双缠得紧紧的小脚,急急忙忙地往观音庙赶去。虽然只有三个铜板,但倘若买点香火给观音供上,说不定就可以替她那没长心眼的儿子驱驱邪、避避灾呢!

拜完菩萨后,傅大婶不紧不慢地往家回。到家的时候,天色已经很晚了,没时间再做针线活了。她便靠在门上,偷听邻居们的谈话。听了一会儿,猛地抬头,发现天上已经烧成了一片火海,她这才哆哆嗦嗦地摸回了房间。

快到那家洋人医院了,小傅不得不停下来揉一揉他那被浓烟熏得刺疼的眼睛。滚滚浓烟沿着狭窄逼仄的巷子一路灌过来,呛得人无法呼吸。离医院还有几步之远了,小傅站在原地愣了一两分钟,看到眼前熊熊燃起的火焰,果真像是火龙王在发威一样。要不要进去看看呢?没准儿傅大婶说的是对的呢!最后,好奇心还是战胜了恐惧,小傅穿过两扇木制的大门,溜了进去。

小傅被眼前的景象吓呆了!医院开阔的院子里挤满了原先住在城墙底下茅屋中的难民,这些难民乱作一团,发出震耳欲聋的哭喊声。母亲们四处奔跑,哭喊着、尖叫着,寻找着走散的孩子。两个男人正在为一个猪皮箱子争得面红耳赤。一个老头子,怀里紧紧地抱着一盘花生,那是他全部的家当了。周围的人推推搡搡,把老头怀里的花生撞撒了,滚得满地都是。无数只脚踩在上面,不一会儿就变成了一摊烂泥。一个女人把脸埋在手掌里,恸哭着自己死去的丈夫,她一头雪白的头发已经被烧得焦黄。病人们已经被抬了出来,放在墙角,他们躺在担架上,无助地呻吟。大火烧得更加猛烈了,肆意地吞噬着医院里的建筑。这洋人医院比中国的一般建筑都要高出许多,但是,火势实在蔓延得太快,已经烧到了超出医院三倍的高度。火势暂时还没有危及附近的学校和房屋,只要风向一直向着河那边,学校差不多还能保住。

小傅迎着从医院里慌乱出逃的人群，使劲往里面挤，好看得更加清楚一些。他看见一些中国女人穿着奇怪的蓝白相间的制服，从医院里不断地抬出更多的病人。她们的脸被熏得透黑，身上的衣服破破烂烂。一个黄头发的外国女人，站在人群中，干净利落地发号施令，指挥手下人忙进忙出。

小傅好奇地打量着这个外国女人。在重庆的这两年里，他也见过不少外国人，但这还是他头一次这么近距离地接触一位外国女人。让小傅吃惊的是，在这样一个混乱不堪的场面，主持大局的竟然是一个洋人，还是个女人！他听到这外国女人命令护士们把病人抬到城市里的另一家医院。小傅很惊奇她们竟然都会听她的话，要知道，就是挑夫也不会去管这些刚刚被火龙王惩罚过的病人。而这里的工作人员却听从那外国女人的指挥，有条不紊地进行救援和疏散工作。看到护士们抓起担架，抬着病人，毫不犹豫地往外撤，小傅把眼睛瞪得又大又圆。接着，那外国女人又对着一个上了年纪的中国男人发起了号令，他显然是医院的总管。火势还在蔓延，他必须立刻疏散院子里的难民，此地已经不再安全，不宜久留，难民们必须往城里疏散。

小傅一面听着那外国女人发号施令，一面自己躲到了灌木丛里，看着那黄头发的外国女人消失在燃烧的大楼里。在紧锣密鼓的疏散工作后，那些饱受惊吓而又行动不便的难民和病人们纷纷离开医院，往城里逃命。大概过了一个小时，医院的院子渐渐空了出来。这时，小傅的眼睛又开始刺痛起来，滚滚烟雾笼罩着他，差点让他窒息。

在熊熊大火越烧越旺，企图吞噬医院，发出哔哔剥剥的燃烧声中，小傅突然听到一声尖叫。"房子！房子着火了！"一股热流直冲小傅盖过来。那个外国女人站在空旷的院子里，抬头看着眼前快要燃烧起来的房子。只见屋顶上躺着一根正在燃烧的木头,慢慢地吞噬浸过水的瓦片,火焰在房顶很快就要蔓延开来。那外国女人把双手卷成喇叭状,放在嘴边大声喊道:"谁爬上屋顶把那截燃烧的木头给踢下来啊?我们的义工还在医院里没有撤出来啊!"

没有人理她,她开始向身边的一个男人祈求帮助,周围的旁观者都躲着她,从大门溜走了。他们知道这样做可能会付出惨痛的代价,没有人会拿自己的生命开玩笑。那截燃烧的木头迸发出无数根小火苗,张牙舞爪地好像在向人们示威。外国女人用哀求的目光向周围扫视了一遍,没有人可以帮助她,终于,她放弃了求助的想法,自己一个人冲进了医院。

小傅很好奇这外国女人接下来会怎么办。不一会儿,她就出现在了二楼的阳台上,她踩着栏杆,抓着支柱,试图往上爬。小傅倒吸了一口气——这外国女人竟然想自己爬上屋顶!这种事情,就连一个男人也不敢逞强,她一个女人,还是个外国女人,竟有如此大的勇气!一股敬佩之情在小傅心中油然而生。小傅震惊了,目光紧紧地追随着那外国女人。可看了一会儿,小傅不由得笑了,她虽然很勇敢,但是爬屋顶这种事情实在不在行!像她那样爬,根本找不到落脚点。小傅从灌木丛里跑了出来,冲进了医院,不一会儿也出现在二楼的阳台上,对着外国女人大喊:"下来!快下来!我来教你怎么爬上去!"

外国女人颤颤巍巍地爬了下来,站在了安全的地方。小傅绕过她,抱着柱子很快就爬上了屋顶。在离房檐几步远的地方,小傅停了下来,他与那截燃烧的木头之间只隔着一条胳膊的距离。小傅抄起一块破瓦片,使劲地去推那块木头,直到它滚下屋顶,重重地摔在院子里的空地上。接着,小傅又用手中的破瓦片把剩下的火苗给扑灭了。

小傅跪在屋顶上向下俯视，所见之处都是大火燃烧后的余烬。就在今天早上，这所医院还是老弱病残的避难所，而现在却在向四面八方喷吐着罪恶的火舌。医院背后是一堵破败的城墙，城墙与河流之间横亘着一片绵延一百多米的小山丘，山丘已经被烤焦了，在火海里挣扎的房屋和树木不计其数，现在已是一片废墟。火龙王果然威力无敌！小傅不禁打了个冷战，缓过神来发现自己还在屋顶上。"我还待在这房顶上干什么啊！"想到这里，小傅小心翼翼地爬下了屋顶。

外国女人正在下面等着小傅。见小傅安全着地便问道："你叫什么名字啊？家住哪儿？"

小傅一阵窘迫。除了在唐老板的铺子里草草地接待过一次外国客人，这还是他第一次和外国人面对面地交流。小傅胆怯地看着这外国女人，只见她正靠在栏杆上，勉强支撑着快要倒下了的身体。她的眉毛和头发都被烧焦了，一只手红得很不自然，一看便是烧伤了；衣服袖子上烧出一个个小洞。她现在已经筋疲力尽了，全身颤抖着。小傅不禁生出一些同情和理解，也不觉得害怕了，看着她回答了她的问题。

"你救了这座房子！"她接着说道，"明天我会送些钱给你，以表心意——因为今晚我已经身无分文了。"

也不知是什么东西驱使着小傅，他回答道："我不需要钱！"

"你救了这座房子，帮了我们很大的忙，我是不会忘记你的！你是这里唯一一个不怕火龙王的男人！"

小傅受宠若惊，她竟然称自己是个"男人"！

"你，你也不怕火龙王啊！"小傅激动得有点结巴了。

那外国女人勉强挤出一丝笑容。"我是不怕火龙王，可是爬屋

第六章 勇斗火龙

顶的时候,我真怕自己会被摔死!"她转过身,小傅也跟着她走出了房子。

男仆们正把一个个沉重的大箱子和一摞摞铺盖往院子里搬。外国女人问他们:"文件都救出来了么?"

"基本上都救出来了!"

"派一个人去守在屋顶上!"

小傅挪着步子往门口走去。往家回的半路上,小傅突然想到待会儿到了家里还不知怎么跟母亲交代呢,他出去了这么久,母亲一定急坏了!但是,火龙王并没有动他一根汗毛啊,那外国女人还嘲笑火龙王的威力呢!不过,这些话心里想想就可以了,断然不敢说出口,说不准哪天火龙王就要报复他!一想到母亲现在一定处于担惊受怕之中,小傅立刻向椅匠路飞奔而去。

家里没有半点失火的迹象——只是空气中飘浮着一层淡淡的青烟,在城市上空盘旋着不肯散去。傅大婶一直坐在屋子里等着,一见小傅回来了,急切地问道:"你去哪了?这么久才回来?"

小傅不说话,先是把蜡烛点上了。他觉得还是应该把发生的一切都告诉傅大婶,省得她坐在那儿胡思乱想,没准儿越想越糟。待小傅把事情的来龙去脉一五一十地叙述完毕,傅大婶绝望地摇着头,哀叹道:"这下好了,你把灾难都引到我们自己头上了!"

"但是什么坏事也没发生啊!"

"等明天你再说吧!不是不报,时候未到!"

这一晚,小傅和傅大婶都没怎么睡着。第二天早上,小傅一到店铺,小邓就朝他喊道:"昨晚我在大火中看到的不是你吧?"

小傅点了点头。

小邓接着嚷道:"有人告诉我,你后来还帮了那个外国女人的忙,扑灭了医院的房顶上的火,你要是真这么做了,一定是疯了！你要倒大霉了！"

这时，唐老板打断了小邓的话，说道："放宽心吧！这些迷信的说法我不知道是不是真的，但是，我平生见过两次触犯神灵的事情——一次是有人救了一个身上着火的孩子，一次是有人救了一个失足落水的人，我倒没见到他们后来遭什么报应了。自从那些洋人都跑去照顾我的死对头吴老板的生意，我就不怎么待见这帮洋人了，那吴老板哪做得了上好的铜器，做挑夫还差不多！也不知道那帮洋人怎么会看上他的东西。不过，这场火灾也不是火龙王在发威，昨天早上，刘大帅的余部接到他的命令，故意在城外的房子那边纵火犯罪。我就知道，刘大帅是不会善罢甘休的。"

小傅心里的那块大石头总算落了下来，总算还有人是站在他这边的，也在怀疑火龙王的真实性。"洋人其实和我们也没什么不一样。"小傅说道。

曾师傅一听这话，哈哈大笑起来，"不错嘛！想你第一次在店里看到洋人时吓得走不动路呢，从什么时候起，敢抬头看洋人了啊？"他取笑道。

"那时我还小嘛！"

唐老板绷着脸说道："我和洋人打的交道也不多，他们聪不聪明我可不敢说，但有一点，我希望你是认同的，他们和我们长得可完全不一样！"

小傅咧着嘴巴笑了，这一点他是同意的，洋人长得确实不大好看！

晚上回到家，傅大婶递给小傅一个沉甸甸的信封。晚上，傅大婶前脚刚踏进家门，后脚就跟进一个外国学校的仆人，送来一封信，说是交给小傅的。小傅打开信件，拿出放在信封里的一包东西，仔细地看夹在里面的便条。"我看不大懂，我去找王秀才帮忙!"说完就爬楼梯去了王秀才家。

小傅很快就回来了,神采飞扬地宣布道:"那外国女人说感谢我救了他们的房子,送了五块大洋给我,以表谢意。"

"五块大洋!"傅大婶差点一口气没接上来。

"是的,足足五块大洋呢!今天唐老板说了,他也不相信火龙王的迷信!"

傅大婶一屁股坐在了板凳上。她的世界被彻底颠覆了,五块大洋啊!比她干两个月苦力赚的钱还要多呢!这洋人真是怪胎!傅大婶伸手要把钱拿过来。

但是,小傅把钱攥在手里,说道:"我要里面的半块大洋,我有用处!"

"我可不是洋人,到处扔钱!"傅大婶厉声说道,"等你长大了,自己赚钱了,你想怎么花怎么花!现在可不行!"

"之前许老板的债我不是也自己还了嘛?我不笨,我要半块大洋真的有用处。"

"干什么用?"

"我想从唐老板那买个小铜壶,送给那个外国女人。"

傅大婶眯了下眼睛,有些迟疑,但最终还是同意了。送个小礼物也是应该的,礼尚往来嘛!小傅现在已经由不得她管教了,她知道自己的儿子是个傻瓜,不过是个绝顶聪明的傻瓜!傅大婶把沉甸甸的大洋拿过来,小心地收藏了起来。她很庆幸,自己昨晚花了三个铜板给观音上了一炷香,看来今晚还要再去拜一拜。

小傅吃了碗饭就躺在了床上。他实在是累坏了,脑子里还有很多事情想不明白。过年那会儿,他把雪叫作"龙之息",不顾山上老婆婆的警告,执意要卖"龙之息"来还债。昨晚,他又从火龙王口中救了一座房子,让它免遭大火的吞噬。他两次触犯神灵,两次都是大赚一笔。越想越奇怪，想着想着，他便进入了梦乡。

　　第二天早上，小傅趁唐老板闲下来的时候，说了想要买个小铜壶送个外国女人的事情。唐老板若有所思地听完，径直走到一个货架前，伸手取下一个铜壶，那是老祖师傅刚刚完成的杰作。小傅一看，欢喜得不得了，这个铜壶四四方方，上宽下窄，曲线优美，制作巧夺天工。它的价格绝对不止半块大洋啊！小傅不出声，等着唐老板开口。

　　"把这个铜壶送给你的外国朋友吧，让她看看一个优秀的工匠能打出一件什么样的艺术品。"

　　"您把这个给我，只收半块大洋？"

　　"是的，要是那外国女人识货，我这个铜壶也算没白送她！"

　　小傅把铜壶小心翼翼地包裹好，放在了一边。当天晚上，小傅就带着铜壶来到了那家洋人医院，里面还是一片混乱不堪的场景。病人们被安置在狭窄的过道和走廊，被大火烧焦的东西摆得到处都是，医院漆黑的墙壁投下阴森森的倒影。

　　过了一会儿，那个黄头发的外国女人出现在小傅面前。"你是来找我么？"她一边问，一边紧张地扫视周围需要她去处理的工作。

　　小傅鞠了一躬，说道："我是特地来谢谢您给我送了那么多的钱，举手之劳，不足挂齿，您太客气了！"

　　外国女人笑了："对我来说，你所做的远远超过我送给你的那些钱。"

　　小傅又鞠了一躬，对她的赞赏表示感谢。接着说道："我想送你一件小礼物，请您收下。"小傅伸出双手，把铜壶递了上去。

　　外国女人连声道谢，接受了礼物。她把外面的一层包装打开，顿时惊呆了，眼睛瞪得大大的。"天啊，多么精美的一件铜器啊！

这么贵重的礼物，我可不敢收，你是从哪里弄来的？"

"这是我从自己做学徒的店铺里买的，我的师傅是一个铜匠，专门做这种铜器——他可是一位身怀绝技的工匠！"

"哦？是吗？我怎么没听说呢？我还不知道重庆竟然有如此精美的铜器呢！"

"这只是一件普通的样品而已，你该去我们店里看看，还有比这更好的呢！我师父在重庆是很有声望的。"小傅停顿了几秒钟，终于找到了自以为很有分量的结束语。"他做的铜器在北京也很有名呢！"

外国女人一听，被小傅一本正经的样子逗得哈哈大笑，满脸的愁容立刻消失了。"看出来了，你师傅真是收了个好徒弟！哪天我有空，一定去拜访拜访。你们的店铺在什么地方？你师傅叫什么名字？"

小傅一一作答后，便告辞离开了。小傅送礼物给外国女人的主意，以及唐老板精挑细选为他准备礼物，两个人的目的都是一样的。如果，外国女人能没事光顾光顾唐老板的店铺，小傅自己也会受到器重。太棒了！想着想着，小傅也跟着哼起了从附近茶馆里飘出的小调。哎，自己要是会弹琵琶就好了！不急，不急，慢慢来嘛——所有的事情都会水到渠成的。

第七章
病魔来袭

炎炎夏日到了，日子变得越发难熬了。艳阳高照，整个重庆就像被扔进了一个火炉里。傅大婶又没活干了，赋闲在家，每日紧巴巴地数着铜板过日子。铜匠铺里，工匠们弯着腰锤打着烧得通红的铁砧，小傅和小李负责把火炉保持在一个恒定的温度，这苦差事把两个孩子折磨得要死。跑腿的活儿也不快活，烈日当空，炙烤着大地，走在大街上如同置身于喷着火的炭炉里。每个人都很烦躁，芝麻大的事情都会引起激烈的争吵，要是在凉快的天气里，根本就是些不值一提的小事。

发瘟疫的事情在城里流传开来，据说洋人为了安全起见，到了这个季节就不吃猪肉了。小傅暗自发笑，觉得这些洋人真是愚蠢至极，好像瘟疫和动物之间有什么联系似的。简直比傅大婶相信龙王爷可以控制瘟疫的迸发还要令人可笑！要是有机会，小傅一定要吃上几口美味的猪肉，证明给那些洋人看，他们的想法根本就是无稽之谈！至于龙王爷——小傅越来越不把它放在眼里了。

一天早上，曾师傅没有来铺子里上工。中午时分，唐老板神色凝重地宣布了曾师傅的死讯。据说，曾师傅在死之前去邻居家大餐了一顿。他那邻居养了几头猪，忽然有一天全都不明所以地死了，邻居杀了猪，大部分的猪肉都卖了出去，剩下的猪肉他邻居做了一桌子菜，喊了几个亲密的朋友一块来家里享用，曾师傅就是其中一个。

屋子里一片静默。曾师傅人缘很好，就这么突然走了，大家心里都很不是滋味。

小傅发问道："人吃了坏掉的肉，会得瘟疫这是真的么？"

大家众说纷纭。唐老板说道："我不是医生，我不知道！但是，曾师傅吃了坏掉的猪肉，并且离开了人世，这一点是毋庸置疑的。吃坏掉的肉会染上瘟疫这一说法是洋人带到中国来的。虽然，洋人在很多方面都表现得十分愚笨，但是不得不说，他们在治病这一方面还是很有一手的。据说，在北京有一所很大的学校，那里的人们都在研究洋人治病的方法。不过，我对医生向来没什么好感，不管是中医，还是西医。"

曾师傅暴病而死的悲痛很快就被更大的灾难所淹没，死亡的阴影已经笼罩了整个重庆市。伤寒和霍乱霸占了整座城市。傅大婶每天都要去观音庙里拜一拜。大暑的时候，死几个孩子是很正常的，但是今天，每个年龄段都不能幸免于难。父亲、母亲、孩子，还有祖父母，每天都有人被病魔夺去生命，每一家的人口都在减少。不仅穷人家人丁稀落起来，就连富人家的大厅里也挤满了雇来哭丧的人。送葬队伍把街道挤得水泄不通，没有哪家门口不传出哀号恸哭的声音。

这个时候，除了医院里的，其他洋人全都躲到山里避难去了。一天，小傅去足赤门送货，那是乘船到扬子江对岸的必经之路。小傅看着满山坡郁郁葱葱的一片，呆呆地出了神，他多么希望像过年那会儿下一场大雪啊！春节期间，傅大婶乘船过了河，表哥家的一个孩子特地在对岸等着，把她接到农场过了几日。傅大婶从山上回来的时候，情绪特别地高昂，比任何一次出门都要欢喜。一连好几天，傅大婶都在念叨着山上的空气有多清新，禾雀的歌声有多动听。总盼着哪一天能够再去山上的亲戚家串串门，再多住几日。

小傅送完货，开始往店铺回。一担担捆好的兽皮从他身边经过，送往皮革铺子，发出一股令人窒息的恶臭。小傅一边走，一

第七章　病魔来袭

边想着母亲的愿望，回到家里，就把这事提了出来。

"我想，你现在上山待一段时间是最好不过了！"他建议道。

"在这紧要的关头，把你一个人丢下不管？"

小傅笑了起来，"聪明人可不会这么想！"

"在瘟疫面前，愚蠢的人会死，聪明人同样会死！呀！快别说了！"小傅正想再说些什么，就被傅大婶厉声打断了，"我知道你想说什么，你是疯了么？竟说一些得罪神灵的话！"

小傅不说话了，傅大婶也一直待在重庆，哪儿也没去。

现在这样的天气，在王秀才屋里读书认字实在是太热了！一有空儿，王秀才就会坐在门槛旁乘乘凉。有一天晚上，王秀才没有出现。

"去老先生家里看看，问候一下他身体可好。"傅大婶对小傅说道，"他这几天脸色很差，一直病怏怏的。这样的鬼天气，老人和小孩最遭罪了。"

小傅拖着疲惫的身子爬上了楼梯，王秀才一个人躺在一张简陋的木床上。小傅蹲在他床边，轻声地问道："您生病了么，先生？"

王秀才缓缓地睁开眼，说道："我没有生病，只是太累了！我想睡一会儿。"说完，眼睛又闭上了。

傅大婶听了老先生的情况，撅了撅嘴巴。"让我想想！我祖母有一个偏方可以治疗这种困乏症。"她走到厨房的灶台，不知从哪里摸出了一块银元，递给了小傅，接着说道："去城里最大的药铺，按我说的药名和重量，抓些药回来。"

来到药铺，小傅饶有兴趣地看着骨瘦如柴的老头子按照他说的药方给他抓药。药铺里摆满了各种稀奇古怪的东西。装满水的瓶瓶罐罐里泡着各种蜥蜴和蛇，姿态万千，宛若活的一样。房梁上挂着风干了的甲虫和蜘蛛,一有风吹过,就在头顶晃来晃去。架子上摆放着很多小盒子,有些名字小傅还认得出呢——虎牙、蝶蛾、蜗牛壳等等。最引人注目的是一只又大又红的蜈蚣,它被关在一个竹笼里,神气活现的,时不时竖起那黄色的脑袋,想要逃窜出去。看得小傅瑟瑟发抖。

小傅抓了药,刚走到街角,傅大婶就迎了上去,一把抓过药包,马上开始煎药了。待药煎好,冷了一会儿,小傅便端着药上了楼。尽管王秀才不大想喝这碗药,但还是被小傅强硬地一口一口地灌了下去。伺候王秀才喝完药,小傅抓起一把扇子,在床边的地板上坐了下来,准备今晚就守着王秀才过一夜了。

子夜时分,王秀才突然醒了。"你怎么在这儿?"

"因为您现在需要人照顾啊!您感觉好点了么?"

"比之前好多了,没想到你年纪轻轻,还挺会照顾人的。"

"这没什么!先生您快睡吧!我今晚就在这陪着您。"

当他们俩被一阵紧张的敲门声给惊醒的时候,天已经大亮了。傅大婶在门外喊道:"快起床!来不及了!"

王秀才愁眉不展地咂了咂嘴,说道:"你上工迟到了,肯定要挨师傅骂了!都怪我,连累了你。"

小傅笑了笑。"您别担心!"看到王秀才没事了,他总算是放心了,"我晚上再来看您,您先好好休息!"

傅大婶从门缝里塞进了一碗饭。"问问老先生,能不能委屈一下自己把饭吃了,吃饱了饭,才有力气恢复身体啊!"

王秀才连声道谢。傅大婶和小傅匆匆忙忙地下了楼,一刻也不敢耽搁了,小傅一个箭步往铜匠铺冲去。

一进门,唐老板就抬头挖苦道:"你是化缘的和尚么,竟有那么多工夫在外面闲逛?"

小傅鞠了一躬，解释道："不好意思来晚了，昨晚住在我们楼上的老先生生病了，我守了他一夜，今早不小心起迟了。"

唐老板顿时眼前一亮，来了兴趣。"老先生？你以为自己是谁？还私下里结识了一位老先生？"唐老板生硬地问道。

"我来到重庆的第一个晚上，这位老先生就很和蔼地问我话。后来他还邀请我去他家里读书——"小傅猛地住了嘴。这是他第一次在店铺里跟人提到他在读书识字的事情。

"你是说，你在和一位老先生读书识字么？"

"嗯，每晚都去他家里，不过学的很少。"

唐老板拿起一份报纸，递给小傅。"给我念一段！"

小傅从报纸中挑了一则短小的当地新闻，结结巴巴地念了起来。碰到两个不认识的字，小傅支支吾吾地读不下去了。唐老板则目不转睛地看着他，鼓励他继续往下读。中途，小邓匆匆忙忙地走进屋，看见小傅在读报，惊讶得目瞪口呆，杵在原地一动不动了。

待小傅读完后，唐老板才问小邓："什么事？"

"温大人正在铺子里等着您呢！"

"告诉他我马上过来！"

小邓走开了。尽管已经读完了，但是小傅可以明显地感觉到，自己的双手还在不停地颤抖，他胆怯地抬头看着唐老板。

"教你读书识字的老先生叫什么？你哪里来的钱付学费？"

"老先生尊姓王！他教我读书不收钱！"

"不收钱？你这孩子真是得到老天的垂爱了。这件事我们待会再谈，我先出去办事。"

小傅目送唐老板走出房间去了店面，他能感觉到唐老板对自己刚才的表现非常满意。唐老板不仅没有责怪他迟到，还表扬他会读书认字了。小傅开始觉得唐老板刚刚说的话很对,他真是老天爷的宠儿!

中午吃饭的时候,小邓把小傅读报的事情给抖了出来。"我们店铺里还出了个博学的人物呢,哎,我说,您午膳用得还满意么?"小邓朝着小傅煞有介事地鞠了一躬。

工匠们把埋在碗里的头都抬了起来,小邓见状,更加来了劲儿,把他刚才在屋里看到的场景添油加醋地大肆渲染了一番,逗得一两个工匠哈哈大笑。倒是老祖师傅打断了小邓,讥讽道:"你成天没事干,就只知道嚼舌根是吗?只有傻子才会费尽心思地向别人证明:明明比自己强的人其实不如自己!"

小傅不说话,默默地把筷子插进碗里,夹了一筷子包菜平静地放到自己碗中。王秀才曾经教导过自己:"是非面前,沉默是金。"刚才他忍气吞声,不做任何辩解,周围的人反倒站到了他这一边。

坐在小傅身边的小李把身子凑过来,低声说道:"这就是你为什么不再去外国教堂门前看代书先生写信的原因,是吧?"

小傅点了点头。

"但你为什么不告诉我呢!"

"我是想告诉你来着,我——"

小李的脸色顿时阴沉了下来。"我能理解你为什么不告诉我,要是被我知道了,肯定哪天会不小心说漏嘴,这里的人就都知道了。你是不想让他们知道。"

小傅夹起一小团饭,塞进了小李的嘴巴里。"你别放在心上!"他轻声劝道,"这不是什么大毛病!王秀才也说了,'人非圣贤,孰能无过'?"

第二天发生了一件意外让小傅和小李之间的友谊得到了巩固。

当时，两个人都在炉子附近工作，小李正在往炉子里添柴，突然一个踉跄，小李倒在了炉子旁。小傅一边喊救命，一边冲向瘫倒在地的小李。尽管店铺里敲敲打打的声音乱成一片，但是陆师傅还是听见了小傅悲痛的哭喊声，连忙跑过来帮忙。他们一起把软弱无力的小李扶到了铺子的一个拐角，那里算是最凉快的地方了。

一时之间，大家都停下了手里的活。陆师傅让小邓去附近的茶馆里买了一些茶水，撬开小李毫无血色的嘴唇，灌了一些下去。小傅心想，这下小李肯定没得救了，拼命地给他扇扇子。要是唐老板能在这儿就好了。

仿佛是心有灵犀一般，唐老板突然出现在了门口。他看了一眼不省人事的小李，命人端来一盆凉水和一条柔软的毛巾。他用毛巾沾着凉水，开始擦拭小李的额头和手腕。就这样，时间仿佛过去了几个世纪，小李的眼皮终于动了，肌肉也开始放松了。看到小李有了知觉，陆师傅立刻命令道："快喝水！"

小李顺从地喝了一点。之后，在陆师傅连哄带骗之下，小李把一碗茶全喝光了。"他现在需要暖暖胃！"说完，又给小李倒了一碗。

小李无力地睁了睁眼，又闭上了。两滴滚烫的泪珠从眼角滑了下来。"我要我娘！"小李的嘴角颤抖着。

唐老板慈祥地笑着，安慰道："等你身体好些的时候，我让轿子给你抬回去！"

"我可以陪他一起吗？"小傅问道。

"瞎凑什么热闹？"

"我们是朋友。"小傅情绪很激动，声音有些沙哑，"我刚以为他快死了！"

"别害怕！这鬼天气确实会要人命，但年轻人没那么容易去见

第七章 病魔来袭

龙王！"

其他人各回岗位，继续工作了。唐老板叫来一顶轿子，目送两人安全地上路了。轿夫在鸡街的一扇门前停了下来，一个女人出现在门口，一看到小李，尖声地哭喊道："这是怎么啦？"

小李张了张嘴，想要解释，被小傅拦住了。他冷静而又得体地解释道："您儿子在锅炉房待的时间太久，热得受不了，晕倒了。不过，他现在已经好多了。他醒来说想见您，唐师傅就给叫了一顶轿子把他送回来了。唐师傅还让我转告您，如果小李明天身体没有恢复，就让他别来上工了，在家多休养几日。唐老板还说，小李现在不能吃太多东西，喝点汤或者热茶就好了，要多休息！"

小李的母亲把小李扶到房间里安顿好之后，瞪着眼睛对小傅破口大骂："八个娃我都生了，要你师傅来告诉我怎么养这一个？！还有，你这个刚断奶的兔崽子，你老娘没教你要尊重长辈么？"

小傅被吓得不敢吭声了。这女人的脾气简直比傅大婶还要差！这时，小李抬起一只手，无力地说道："求您了，娘，您就别责怪小傅了，他是我最好的朋友！"说完，小李疲惫地翻了一下身，面朝墙壁睡着了。小傅走上去，用力地握了握小李发烫的手，然后就灰溜溜地离开了。

第二天，小李没来上工，显然是身体还没恢复。接下来的几天，小李都没能过来，于是，小傅每天完工了都要跑小李家探望一下，把小李的病情汇报给唐老板。小李的右腿不知为什么每天疼得撕心裂肺，躺在床上动弹不得。小李每天躺在床上痛苦地呻吟，就像被小鬼附了身一样。

小李的娘发现小傅和小李的感情确实很好，就开始向小傅倾诉自己的担忧:"我肯定是触犯哪位神灵了!平日里我一直对各路神仙不管不顾的,很少去拜他们,现在好了,报应来了!全报在我的长子身上了!我寻思着要不要请道士来驱驱邪,说不定我儿子还有救!可是我那丈夫死活不同意,他觉得道士没什么真本事,钱要得多,还治不好病!但是,那些道士懂得用一些奇怪的方法,可以把附在人身上的小鬼给请出来,那些方法我们这些普通老百姓可做不来啊!要是他们真能治好我儿子,花多少钱我也愿意啊!"

唐老板听了小傅的汇报,眉毛拧成了一团。中午吃饭的时候,唐老板便和工匠们商量起这件事,看看大家有没有什么好的对策。唐老板承认自己现在没个主意,不知道该怎么办。陆师傅提议请道士来驱邪,说他一个朋友本来快要死了,后来请了道士,马上就给治好了。

老祖师傅撇着嘴,冷冷地说道:"是吗?我家小舅子被道士用烧得又红又烫的针扎了好几下,结果还是死了!"

唐老板点了点头:"请道士,死的比活的多!找个道士来折磨一下,人死得更容易!小李是个不错的小伙子,我可不希望看他遭那个罪!但是,倘若小李他娘就信那道士的话,我也无话可说了。娘儿们都爱信这些东西!"

"为什么不请个医生呢?"账房提议道。

"医生和道士治病的办法没什么两样!"

"我的大孙子,"老祖师傅插嘴道,"有一阵子害眼疾,我老伴想给他贴贴药膏敷一敷,说这个方子治好了很多人的眼疾。但是,孩子他娘,简直就是我们家最蠢的女人,非说草药治病的方法太老土,要请个医生来看看。最后,被她唠叨的实在没办法,我儿子就同意了,还跑来问我的意见,我也是一时糊涂,竟然答应了！医生请来了，自那以后，我孙子的眼睛也彻底瞎了，现在走起路来就像个老头子一样。"老祖师傅深深地叹了一口气。

下午晚点的时候，小傅走到唐老板面前，说道："那天您说，洋人在治病这方面很有一手，您觉得他们能治好小李的病么？"

"你还真不笨呢！和我想到一块了。但是我也不确定洋人是否能够治好小李的病，还有他父母那边，他们会同意么？我看他娘不会同意把儿子交给洋人治疗。"

"换句话说，小李他爹是信不过道士的，也不愿意把钱花在旁门左道上，这一点对我们是有利的。或许，我那个在洋人医院工作的外国女人可以帮帮我们。"

唐老板笑了笑。"'我那个在洋人医院里工作的外国女人可以帮帮我们'，"唐老板有开始挖苦道，"'我的朋友'，'我的老师'——还有谁是我不知道的啊？"

"还有小李，"小傅的眼中闪现出勇敢的光芒，接着朝唐老板深深地一鞠躬，"如果我没有看错人的话——还有您，唐老板，人人尊敬的铜匠！"

"哎呀！你给我的评价可不高啊！"唐老板伸手去拿烟管，抽了几口，极力掩饰自己的得意。"好了，不说这些废话了！你赶紧去洋人医院跑一趟，看看他们有没有什么好法子！"

话毕，唐老板便大口大口地抽起了烟，直到小傅跑得无影无踪，唐老板终于忍不住轻声笑了起来。小傅这个孩子和其他学徒都不太一样，而且他刚才说的话也很有道理。小傅身上有些东西吸引着自己，具体是什么特质唐老板自己也说不清楚。几年前，唐老板自己的儿子和他娘一起死于天花，有时候，唐老板看着小傅就会想到自己的儿子，想着自己的儿子如果这么大了，也差不多像小傅这个样子吧！这个年轻人，野心勃勃、无所畏惧——当然还有一些其他的潜质，隐隐约约在帮着他走向成功。他的那些朋友们——王秀才、外国女人，包括唐老板自己——都是很好的证明。至于小傅最终会成为一个什么样的人，只有时间能够验证。

一个小时过后，小傅回来了。"外国女人一直在忙着医院里的事情，我只好在一旁等着她，直到她闲下来。我把小李的病情跟她说了，她说小李的腿疾可能是一种很糟糕的病，估计一个月都好不了。她还说，如果听小李娘的话去请什么道士来胡乱医治，小李必死无疑。虽然很多洋人医生比中国医生更加了解这种疾病，但还是有很多病人在洋人医院不治而亡。外国女人说这种病是因为喝了没煮开的水。"小傅挠了挠头，"哎，他们的医学真奇怪，曾师傅是吃东西吃死了，小李是喝水喝生病了。"

"你就没打探出什么有用的东西？洋人到底有没有办法治好小李？你刚说的那些一点用也没有。"

"有的有的，重要的还在后面呢！我告诉外国女人，小李是我最好的朋友，请求她去小李家看望一下他。起先。外国女人个同意，她说小李家并没有邀请她，她不请自来不合礼节。但是，我又和她谈了一会儿，她最终还是同意了。今天晚上，外国女人就会带着洋医生去一趟小李家。如果，小李得的果真是外国女人说的病，她会在征得小李父母同意的情况下，把小李安排到一座外国房子里，那里自火灾过后就一直被当做临时医院用了。等小李住院后，他们会竭尽全力去救小李的命。"

"先别高兴得太早！小李的爹娘还不一定会同意呢！"唐老板把小傅给打断了。

"这个我也不确定！但是，您是小李的师傅，如果您能站出来说两句的话——"小傅不说了，他的言外之意想必唐老板是明白的。

第七章 病魔来袭

"你倒是绝顶的聪明啊!照你这么说,我必须要去承担这个责任了?万一洋人把小李给医死了,我这下半辈子还不被小李爹娘给埋怨死!"

"那万一洋人把小李给治好了呢?难道我们就让小李躺在家里等死?"

"洋人说要多少钱了么?"

"我一问钱的事情,那外国女人就笑了。她说小李爹娘能给多少他们就要多少——他们只收一点点钱!因为,我一开始就把小李家的情况跟她说了,说他家很穷,还有好几张嘴等着养活呢!"

"没钱他们也愿意给小李治病?医院里的空床怕是太多了,所以才把小李往里面塞吧?"

"医院里的床位早被占满了,走廊和过道睡的都是病人。小李去了,她还真不知道把他安置在什么地方呢!"

唐老板咕哝道:"罢了!罢了!快把这个罐子送到温大人的府邸!小邓长得倒挺结实,可以代替小李去生火了!"

当天下了工之后,小傅顶着滚滚热浪跑回家里。他告诉傅大婶自己今晚在鸡街待的时间要比往常久一些,然后转身就向鸡街飞奔而去。小傅想把洋人今晚要去看小李的事情先跟他爹娘说一下,不然,以李大婶的脾气,肯定是追打着把洋人给赶跑了。李大婶一定和其他大部分中国女人一样,认为洋人会带来灾难,想尽一切办法把他们从家门口赶走。

小傅到的时候,小李爹娘正吵得天昏地暗,几个孩子也都挤在房间里。小傅一脚踢开一只挡在门边的脏兮兮的小狗,径自朝小李的床边走去。小李尽管处于昏迷之中,但还是在小傅的抚摸中有了点意识,他伸出滚烫的手去拉小傅,干裂的嘴唇动了动,发出几声痛苦的呻吟。小李本来就在发高烧,听到屋里那些嘈杂的吵闹声，更是心烦意乱。小傅见状，一下子哽咽住了，恨不得替小李去吃这些苦。

　　吵得不可开交的小李爹娘根本没注意到，小傅什么时候已经进了屋。小李他娘扯着嗓门尖叫，坚决要请道士来给小李看病。小李他爹坐在板凳上，一声不吭，气呼呼地坚决不同意。这时，外面传来了一阵敲门声，孩子们都跑出去看是谁来了。小傅抬起头张望，以为是外国女人带着洋医生来了，结果，令人欣喜地发现，竟然是唐老板高大的身影。一时间，所有的吵闹声都终止了。小李爹娘立刻变得彬彬有礼起来，一阵客气的寒暄之后，孩子们被赶到外面玩，好让大人们坐下来谈话。小李的呻吟声断断续续，一直没有停下来。过了一会儿，唐老板起身来到小李床前，他瞥了一眼小傅，表示一切包在他身上，让小傅放心。然后就把注意力转移到了小李身上，询问起他的病情。

　　唐老板刚站定，一个孩子就急匆匆地跑进屋，惊恐地喊道："门口站着两个洋人！"

　　"他们要干什么？"

　　小傅听了，一下子跳了起来。"他们其中一个是我的朋友，她精通医术，是我请过来帮小李看病的。"

　　"这事要你管么？"小李的娘责问道，"我绝不会让这些洋人见到我儿子！"

　　小李的爹走上前来，说："他们好歹比那些臭道士可信得多，你也知道，那些洋人还治好了我小叔家女儿的病！"说完就朝大门走去。"让他们进来看看也无妨，没准他们知道小李得的是什么病。"

　　李大婶执拗不过，放声大哭起来。和外国女人一起来的也是个女人，小傅走上前和她们打招呼，唐老板起身鞠了一躬，便退

第七章 病魔来袭

到了屋子的角落里。两个洋人向小李他爹自我介绍了之后，问道："我们可以看看这孩子的病么？"

"你们不会伤害他吧？"

外国女医生摇了摇头，郑重地说了句："不会的！"

"那你们就去看看他吧，再怎么样，情况也不会比现在更糟糕了吧！"

洋医生给小李做检查的时候，小傅在一旁急切地注视着。"他得的不是伤寒症，而是一种完全不一样的病。一般情况下不会很难治疗，但是由于病拖得太久了，我也不敢保证一定能治好他。不过，如果你们愿意让我们试试的话，就立刻让他住院，我们会马上展开治疗。"

"为什么不在家里治呢？"小李的爹满脸的困惑。

"这里没有仪器，也没有可以用的药物。我现在只希望我们能够尽快把他送到医院，当然了，最终决定权在你！"

小傅屏住呼吸，等待着小李爹的答复。李大婶一听，又号啕大哭起来："他们会杀了我的长子！他们要害了他啊！"

小李的爹有些犹豫，又问道："那你们要多少钱呢？"

"随便你吧，你能付多少就给多少！"

"那好吧！如果他待在家里，很可能会死。要是道士们来了，肯定也活不了。你们把他带走吧！"

李大婶突然蹿了上来，"我跟他一起去！"

洋医生笑了笑，表示理解。"当然可以了，父亲也可以跟着一起去，我们在给他做手术时，他可以在旁边陪着你。"

唐老板从角落里走了出来，对小李的爹说道："如果这孩子需要什么，你们负担不起，尽管告诉我，我来解决！"说完冲小傅招了招手，两个人一起走了。

第二天早上，小李的一个弟弟跑到店里告诉小傅，小李还活着。四天之后，小傅被准许可以前去探望一下小李，不过探病时间只有几分钟。躺在病床上的小李虚弱地冲小傅微笑，他的烧已经退了，身体也没那么痛苦了。大概还要一个月的时间，小李才能出院——原来他得的是阑尾炎。

小傅高高兴兴地走出了医院的大门，心里想着认识这个外国女人给他带来的种种好运。在小傅他们家贫穷拮据时，外国女人给他们送来了五块大洋，从此生活变得宽裕起来；他送给外国女人的小礼物——那个精美的铜壶，给唐老板招揽了更多的生意；现在，就连小李的命也是外国女人救的。他简直不敢相信，自己竟有这么好的运气！龙王和洋人——都是母亲这一代人避之还唯恐不及的两种东西，小傅和他们打交道被认为是愚蠢至极的事情，结果呢，每每和他们打交道都给小傅带来了财富和好运。

一列送葬队伍迎面走了过来，道士们穿着精致的长袍，敲锣打鼓，哼唱着超度亡灵的曲子。小傅站到一边，饶有兴趣地看着他们，那些挑夫穿着白色的丧服，挑着各种仿照阳间物品做成的纸玩意，准备烧了给死人在阴间使用。小傅不禁打了个寒战。突然想到和蔼可亲的曾师傅已经不在人世，不可能再在一起干活了，小傅感到一阵悲凉。好在，王秀才和小李都在快速恢复之中。再过几日，大暑就会慢慢过去，接着就是白露，白露的清凉会给人们带来新的生机。乌云迟早会散去，苦难不会常驻人间。

第八章
脚下之辱

不知不觉，白露早已离去，冬日悄然而至。小李的身体已经康复，正常来店铺上工了。一个姓魏的师傅接替了曾师傅的工作，他是一个性格古怪的老头子，十分不合群。老祖师傅专门负责铜器的设计，算是店里的首席设计师。陆师傅掌管焊接的工作，和老祖师傅一起管理店铺里的工匠和伙计。大家都积极配合并听从两人的指挥，从来没有人质疑他们的权威。直到魏师傅来了，他竟然敢说老祖师傅的设计缺乏创意，需要改进，陆师傅的焊接也要加强，需要精益求精，甚至在唐老板面前也毫无顾忌，丝毫没有一个雇工对雇主理应有的尊重和礼貌。

　　时间一天天地过去，小傅和铺子里的其他人都在饶有兴致地等待这个魏师傅是如何自取灭亡的，但是，什么也没有发生。老祖师傅还是一如既往地油腔滑调，逗大家开心，只是一到魏师傅这儿，立马转为冷言冷语地嘲讽。陆师傅的嗓门本来就很尖锐，在给魏师傅传达什么命令时，嗓门更像是一把刀，恨不得砍进他的骨头里。而唐师傅呢，对眼前发生的一切都视而不见，不作出任何表态。这么一来，人们一天比一天思念起曾师傅的好来了。

　　不过，人们对魏师傅的强烈不满很快就被时局的动荡给取代了。重庆在饱受战乱之后，迎来了一个新的督军，控制了四川省。新来的督军会在四川待多久，又会出台什么样的政策，老百姓们全然不知。

　　越来越多的人开始谈论有关于南京政府的事情。北京，有史以来第一次不再被人们称为"北方的京城"，而是被"北平"——"北方的和平"所取代。一些人的名字，比如：孙中山、蒋介石、冯玉祥——纷纷涌进人们闭塞的耳朵里。传言他们中的一个人已经死了，南京政府正在斥巨资修建陵墓来纪念这个人。小傅听到的消息就这么多了，但他自己搞不清楚这三个人里面到底是哪一个已经死了。他也不知道修建陵墓来纪念一个人到底意味着什么。这也不能完全怪小傅孤陋寡闻了，因为当时整个西部对孙中山也是知之甚少，尽管他所倡导的爱国主义和呕心沥血创造的政治伟绩已被看作是新中国崛起的希望。不过，这都不重要，让小傅极为震惊的是：北京已经不再是那个"北京"了。

当小傅和唐老板谈及此事时，唐老板摆了摆手，做出一副不想谈国事的神态。"我听说，那些自称是'民族主义者'的南方人，"唐老板解释道，"选择南京作为首都是因为南京处于中国的中心位置。事实上，南京比北京更加容易拿下来，北京一是远在北方，离得太远，二是北京现在还被敌人握在手中呢！"

"那这些民族主义者中有很厉害的督军么？"

"肯定有很多啊！这一点是毋庸置疑的。不过，我听说，这个民族主义政府承诺不会干一些趁火打劫的事情，他们要为老百姓做些实事。两天前，我们行里开了个会，一个来自汉口的家伙长篇大论地说了很多南方军队的计划。他们想效仿洋人的生活方式——修公路、建医院、办学校，学校不再是富人们的专利，穷人也可以进去读书。这些政策都不错，但对我来说，很多政策的价值还有待验证！"

"那他们会把钱投在什么地方呢？——南方么？"

"有一部分会用在重庆，据说他们要修一条通往三家寨的公路，直通泽州、遂宁和成都。"

"那不是有石子路么？"小傅感到很奇怪。

"他们说石子路太窄了，要修可以行驶大型车辆的马路，车上

第八章 脚下之辱

一次可以载二十人呢！"唐老板突然停住大笑起来，"我问那汉口的家伙，这么大的车子，是用驴子还是用苦力来拉呢？他回答说：'都不需要，车子自己会跑。'我想他一定是在开玩笑，就没有再追问下去。我最感兴趣的是他们到底从哪来的钱买车修路呢？难道是把他们长官的战利品拿过来建设国家？这简直比车子自己会跑更加让人匪夷所思！我们倒要看看这一位督军和其他督军到底有什么不一样的地方。"

没想到，没过多久这位督军一上任就间接地影响了唐老板的生意。从坐落在嘉陵江上的湖市发来了一笔订单，那里的官员要订购一批铜器，作为礼物送给新督军。接到这样一笔外地的大订单，唐老板自然非常得意，这证明他在铜器制作这一行已经声名远播。这笔订单完工的时候，铺子里的所有人都松了一口气。验货装箱之前，唐老板把这些完美无瑕的铜器一件件地玩赏了一遍，直到最后一件闪闪发光的铜器包装完毕，大家心里都有说不出的激动和喜悦。最后，唐老板决定亲自送这批货，转身对小傅说：

"你看起来倒像是一个不怕鬼的人，就由你跟我一起去吧！江上的劫匪也是一种'鬼'，不过是眼睛能够看得见的鬼。没准儿，你也能够像过去躲开火龙王一样躲开这些劫匪。你这孩子，一直好运不断，要么是观音娘娘格外照顾你，要么就是你这小命太微不足道了，连小鬼都不屑于找你麻烦。"

小傅笑嘻嘻地回应着，乐得说不出话来。这段时间里，小傅心里一直暗暗想着能够跟谁一起去趟湖州，本来没敢奢望太多，现在唐老板自己要去，还点名让小傅一起，这可是双份的惊喜！

在唐老板转身去忙其他事情时，小李停下手里的活，对小傅耳语道："你真的想去么？"

小傅惊讶地看着他。"当然了！为什么不想去？"

"为什么想去？我就不想去！据说现在劫匪猖狂得要命，河两岸埋伏的都是。我怕你到不了图托，就一命呜呼了！"

小傅哈哈大笑。"哪来这么多'据说'、'据说'啊！你就别在这草木皆兵了。河面上来来往往的船只那么多，就算他们要抢，也不可能把所有的船只都拿下吧？我们运气也不比其他人差啊！再说了，湖州官员还专门派了一队士兵来护送这批货呢！"

小李不依不饶，接着说道："你什么时候见过士兵和土匪干上了？一碰到危险，士兵一准是丢下你们自己逃命去了。要是我，我才不想去呢，我宁愿老老实实地待在重庆，打打我的瓶瓶罐罐。重庆有这么坚固的城墙伫立在那里，可不是那些劫匪想进就能进的，我睡也睡得踏实些。"

瞧见唐老板正往这边走过来，小李立马住口走开了。"今天的工也差不多结束了，"唐老板说，"你回家去吧，明天一大早我们在临江门碰面。"

小傅匆匆忙忙地往家里赶。他也不知道唐老板为什么会让他一起去送货，可能与外国女人经常来店铺光顾有关吧！那外国女人很守信用，她不仅亲自来店里选东西，之后还派厨师来店里拿了更多的样品回去挑选。这让小傅觉得很光彩！走到椅匠路时，小傅的脚步渐渐放慢了。傅大婶肯定不会乐意小傅去担此殊荣。如果河面上形势稳定，她还可能羡慕一下小傅有机会路过家乡，但是，现在的形势非常严峻，到处都是有关劫匪的传闻，傅大婶肯定不想小傅去冒这个险。不过，转念一想，即便傅大婶不同意，她也不能阻止儿子去啊！作为一个学徒，他得听从师傅的安排，而不是母亲的安排。

黄昏时分，傅大婶从猪鬃铺回来了，一见小傅这么早就到家了，吃惊地问道："你这是生病了？还是唐老板嫌弃你没出息，把

第八章 脚下之辱

你给赶回来了？"

小傅调皮地笑着。"都不是！最最最尊敬的母亲大人，您对自己的儿子要有信心，说他在店铺里集万千宠爱于一身也不为过！"

傅大婶听着，故意抬起一只手挡住了眼睛，嘲讽道："你现在是光芒四射，千万别亮瞎了我的双眼！可别告诉我，是新来的督军去店铺里跟唐老板要人，让你去为政府办事。"

小傅咯咯地笑了。接着换上一副严肃的表情，说："那倒没有，不过也差不多了，我要去为新督军办件事。"

傅大婶张大了嘴巴，大叫道："什么？"

"湖州的官员们从我们店铺定了一批铜器作为礼物送给新督军，明天一大早，唐老板要亲自跑一趟湖州送货——我也一起去！"

傅大婶听完，又忙起了手中的活儿。"当然了，等唐老板明天一觉睡醒了，没准会觉得你比他更能胜任这个工作，自己留在店里替你干活，派你全权代表整个店铺去送货。"傅大婶还在嘲讽他，但语气里明显夹杂了一丝担忧。

小傅听出了母亲的担忧，也认真起来。"我说的都是真的，母亲大人！唐老板今天和我说的，所以我才回来得这么早。"

傅大婶的嗓门立马尖锐起来。"你的意思是说你要和他们一起去湖州？"

小傅点了点头。

"唐老板是第一次来重庆么？他没听说河面上的事情么？他不知道现在劫匪猖獗么？据说，离重庆大概一公里的地方已经成了他们的第一个驻扎地。有位姓曾的官员，被劫匪们抓了个正着，东西被抢光了不说，身子也被打残了，这辈子估计是好不了了。难道唐老板也想重蹈曾官员的覆辙？他要是真想死，干嘛非要拉上你啊?他怎么不叫小李去啊,他好歹有一大家兄弟姐妹啊!难道唐老板不知道我就你一根独苗,你要是有个三长两短,叫我这老婆子可怎么办?"说着说着,眼泪就落了下来。

小傅想尽办法安慰担惊受怕的母亲。"人家唐老板又不是三岁小孩!这批货不同一般,他之所以亲自出马,就是怕别人把事情给办砸了。很多人散播劫匪的谣言其实是监守自盗,自己吞了钱财,嫁祸给子虚乌有的劫匪。于是,大家就人云亦云,搞得好像劫匪在到处流窜一样。这批铜器精美异常,整个重庆市找不到能够与之相媲美的了,所以唐老板一定要亲自跑一趟,不愿意假手于人,以免发生意外。再说了,还有一对士兵护送着呢!"

傅大婶哭得更厉害了。"那就更糟了,你这次肯定是有去无回了!你不知道士兵本身就是个潜在的危害么?因为他们身上有劫匪们觊觎已久的枪支弹药。不行,我要去找唐老板理论,让他换个人!"

小傅的心一下子沉到了谷底。"您现在去找他理论,您觉得他会高兴么?"他平静地说道,"城里不知道有多少人垂涎我这个学徒的位子呢!整个重庆市没有比唐老板更出色的师傅了!这次的大订单不也正好说明唐老板在铜器制作这一行的威望极高么?再跟着唐老板学几年,我就可以自己开店了,大家一旦知道我是唐老板一手培养出来的徒弟,一定争先恐后地来光顾我家铺子!"

傅大婶突然眯起眼睛,开店铺——这可是小傅头一次提到!"你哪来的钱开店啊?"

小傅笑了笑,接着说道:"钱不是今天该考虑的事情!您就放一万个心吧,真到那个时候,我一准给您买个丫鬟供您使唤,给您买翡翠簪子插头发上。"

傅大婶叹了一口气,事到如今,不管小傅此行是福是祸,她也只能冷静地接受了。"除了铺盖,你还要准备些什么吗?"

"把我那件蓝色的长外套拿出来就可以了,我要穿着它去湖州,打扮得像唐老板的得力助手,而不是一个挑夫。"

冬天的早晨,天气异常的冷,吸一口气,肺部冷得生疼。上船的头两个小时里,小傅一直躲在他的铺盖里哆哆嗦嗦。总共来了十个士兵,他们都挤在船的一头。有士兵在船上,小傅感到十分不安。那些士兵们在一起高谈阔论,自吹自擂,炫耀着自己以前的种种丰功伟绩。唐老板往水烟筒里加满了料,一口一口狠狠地吸了起来。船夫在湍急的河流中稳稳地划着桨,哼唱着逆流而上祈求平安的曲子。

小傅闭着眼睛躺在船上,真没想到自己现在是在返回家乡图托的路上,感觉像是在做梦一样。有那么一瞬间又觉得自己好像回到了紧靠戴老板猪圈的小屋子里,心里一阵惊慌,连忙睁开眼,发现自己还在船上,这才安下心来。此时已是阳光普照,被寒风吹得冰冷的身子也渐渐暖和了。他饶有兴趣地四处张望:两边的河岸上,一个个小村庄在菩提树和杨柳树的掩映中若隐若现,农民们在倾斜的山坡上忙碌地耕种,渔民从岸边把渔网远远地撒向河中。一切都是那么安静和美好,很难想象附近会有劫匪出没。

一个船夫用小炭炉给大家做好了午饭,士兵们饿狼扑食一样,吃了自己的那一份,还要别人的那一份。他们那副吃相分明是在告诉唐老板,他们在这次旅途中扮演着举足轻重的角色。唐老板对此冷眼相看,不置一词。

傍晚时分,他们抵达了图托。唐老板在镇上有一些朋友,便差一个船夫去镇上把他们请到了船上。大约过了一个小时,那些朋友陆陆续续地上了船,一直待到深夜。

小傅把铺盖铺在甲板上,自己钻了进去,裹得紧紧的。从他躺着的地方可以看见四周纷纷攘攘的景色。一盏灯笼挂着竹竿上，散发出柔和的光芒；火盆里不时地跳出几簇小火苗，冒出几缕青烟；附近船只的甲板上，一家人在忙忙碌碌，照顾孩子们睡觉，安顿家禽过夜。一个胆子比其他人都大的船夫，收了锚，掉转头，在黑暗中向重庆的方向驶去。小傅所在的船上，船夫们挤在狭小的船舱里玩牌，唐老板和图托的朋友们正在聊着天，只言片语不时地传进小傅的耳朵里。"劫匪"和"就在附近"这几个字，小傅听得真真切切的。忽然间，火光一闪，正好照在一个人的脸上，那人一脸的惊恐，好像在和唐老板争吵。

"你还是放聪明点，从这里把东西寄过去。"他说。

"这就是我为什么要亲自出马的原因。"唐老板说，"这些年包裹被抢的例子还少么？"

"那总比丢了小命好！"那人警告道。

"是福不是祸，是祸躲不掉！"唐老板接着说，"如果老天爷非要我这个时候去见老祖宗，那我只能听天由命！"

他们的声音又低了下来。小船摇摇晃晃的，小傅沉沉地睡了过去。

第二天清晨，当他们再次驶入河流中时，星星还在暗淡轻柔的天幕上一闪一闪地亮着。习惯了重庆市一大早就腾起的喧嚣和躁动，现在周围的寂静简直让人受不了。小傅在铺盖里伸了伸懒腰，没有起床的打算。这是他长这么大，第一次早上醒来不用立马起床。多睡一个小时，就意味着少吃一顿饭。只有富人和道士才有睡懒觉的权利。当然了，一年中也有那么几天是例外，比如过年和春秋天的一些节日，但是，真到了这个时候只有傻子才会把时间浪费在睡觉上。

一个黑影突然罩下来，打断了小傅的思绪，是唐老板，小傅一跃而起。

"不用急着起床,现在咱们在船上,没必要那么赶时间,留着你的体力回到店铺再好好干活吧!"唐老板微笑着说。"好的开端是成功的一半。中午吃过饭,大概就能到湖州了。"

他们的船已经行驶到了四面环山的地方,波涛打在船头,夹杂着青苔的味道。这景色一定和扬子江大峡谷的景色一样迷人,小傅暗自想到。总有一天,他要亲眼见见那美丽的大峡谷。

小傅禁不住喊出声:"这附近的景色真美!"

唐老板点点头,手指向远方的一座青山,眼神黯淡了下来。"那是我出生的地方,我在那里一直生活到你这个年纪,我祖上二十代人都是笑天山的农民。十六岁那年,家乡发生了暴乱,一帮士兵闯了进来,短短几个小时就将村庄洗劫一空,还杀害了我的家人,只有我一个人活了下来。我逃了出来,一路乞讨,来到了重庆。一天,我在一家铜匠铺门前停了下来,那家老板姓屠,我就像大街上的乞丐们一样,向他讨饭,但是,他没有给我钱财,而是给了我一份工作,后来还教会了我怎么做生意。他真是一个大好人!"说到这里,唐老板沉默了,陷入了对往事的回忆中。

小傅感觉自己对唐老板的忠诚度又增加了几分,眼前的这个男人不再是他之前认识的那个高高在上的大老板,而是一个饱经磨难的普通人。他们一起走到做饭的地方,盛了饭开始吃了起来。正好碰到士兵们一边吃饭一边抱怨伙食太差,小傅心想,唐老板心里其实不知道有多痛恨这些士兵。

中午时分,一声枪声从头顶穿过,接着又响了两声,便没了动静。士兵们全都趴在甲板上,船夫丢了一只桨,但船还是稳稳当当地向前划着。小傅紧张极了,以为会有人胁迫他们停船,结果什么都没有发生。小傅看看其他人,发现唐老板正愁眉紧锁,警惕地扫视着岸上茂密的丛林，什么也没有发现。船老大又把船开到了既定的航线，骂骂咧咧地划着桨。士兵们还是挤作一团，不敢出声。

两个小时以后，湖州在望。船一靠岸，唐老板就叫来了挑夫，挑夫们在唐老板和小傅的指导下把铜器抬到了衙门的大门口。他们稍作等待，便有人出来将他们引进了一间小会客厅。唐老板把挑夫们打发走了，小傅把篮子打开，将铜器一件一件地拿了出来，放在桌子上，让三位官员一一过目。小傅每摆出一件铜器，官员们就会发出一阵赞叹，一股强烈的自豪感从小傅心中油然而生，因为，这些精美的铜器也有他的一份心血啊！小傅发现，对唐老板来说，这些由衷的赞美之词比铜器所值的银两更有价值。也许，对一位真正的铜匠来说，钱本身不是最重要的，他人对自己劳动成果的肯定，才是最令人欣慰的！

其中一位官员说道："我是北京人，我在北京看到过许许多多精美绝伦的铜器，但是，像眼前如此巧夺天工的铜器，我还是头一次见到。"

唐老板深深地鞠了一躬。谦虚地表示，由于时间紧迫，只能呈现这些粗陋的样品献给各位尊贵的大人。虽然唐老板的回答显得很是谦卑，但是他的眼神中却充满了喜悦和自豪之情。

下午的时间过得飞快。只一盏茶的工夫，官员就验收完了所有的铜器，唐老板也拿到了银两。交易成功后，双方又是一番鞠躬和客套话，之后，唐老板和小傅便告辞回到船上。船工和士兵们都上了岸，只剩下船老大一人。一个小时之后，他们三人都睡着了。

第二天一大早，小傅就被唐老板的声音给吵醒了。唐老板正骂人呢，声音里满是怒火。原来，士兵们昨晚上岸去了，到现在都没有回来。船老大说现在的风正好是往下游刮的，如果现在启

第八章 脚下之辱

程,天黑之前就能抵达重庆。他们派了一个船工去岸上,沿着河一路打听士兵们的去向,但是无功而返。不能再耽搁了,唐老板下令立即开船。大家心知肚明,士兵们之所以临阵脱逃,就是因为被前几天的枪声给吓着了。

随着船慢慢驶入湍急的河流之中,小傅的心也变得紧张起来,不知道等待他们的将是什么样的厄运。银子已经拿到手了,如果现在有劫匪上船打劫,那银子肯定是保不住了。船上的人都是赤手空拳,没有丝毫反抗的能力。小傅不禁想起那些有关于劫匪的谣言,那些为了保住财产或是保命的俘虏,没一个落得好下场。小傅瞟了瞟唐老板,本想他应该是最忧心忡忡的,结果发现,唐老板脸上的表情比这次旅途中任何时候都要轻松自在。小傅笑了笑,耸了耸肩,算了,唐老板都不担心,他还担心什么呢!

黄昏时分,船老大告诉大家要变天了。霎时间,黑暗从四面八方席卷而来,把小船包裹得严严实实。助他们一臂之力的风已经刮了一整天,现在突然偃旗息鼓了。船员们只好奋力地划着桨。几滴雨点打了下来,他们不敢再继续前行。唐老板和船老大真诚地交换了一下意见之后,船老大便下令把船驶入右边的小河湾里。

船刚刚在这小小的避风港抛了锚,乌云就聚集了过来。眼前是漆黑一片,但是没有人敢点灯。再往下十几里就是重庆了,只要到了那里就安全了,可是他们此时此刻却只能龟缩在小船上,一想到可能发生的危险,他们都吓得大气不敢出,连呼吸都变得困难。没有一个人说话。他们在寒风中瑟瑟发抖,只待着这暴风雨早点过去,但是这雨下得噼里啪啦,似乎永远也不会停下来。

船员们挤在狭小的船舱里,唐老板、小傅还有船老大则蹲坐在船尾用席子临时搭成的小棚子里。那些银两被两块没有漂白过的棉布紧紧地包裹着,躺在唐老板的脚边。黑暗中,小傅的眼神

扬子江上游的小傅

时不时地往银两堆放的地方游移。一想到这些银两，小傅就全身起鸡皮疙瘩。在这种情况下，这冷冰冰的钱财不知道会给他们招来什么样的厄运。

小傅把脚下一堆弄得他很不舒服的草席和破布推到一边，变换了一下姿势。正在他想要找个舒服一点的姿势时，小船猛烈地倾斜了一下。一声尖叫从船的另一头传来，接着是一阵沉重的脚步声，还有几声痛苦的尖叫。有人大喊着："劫匪！劫匪来啦！"混乱中，一个粗哑的声音响起，点名要见船老大。

小傅吓得心脏怦怦直跳，起了一身鸡皮疙瘩。五秒、十秒——时间在飞快地流逝，突然，他灵光一闪，想到了一个主意。他不仅知道怎么把银子给藏起来，还想到了怎么把自己给藏好。如果小傅不出现，唐老板就可以是一个普通旅客，而不是一个带着学徒的有钱商人。他凑到唐老板身边，耳语了一番，唐老板很快就理解了他的意思。唐老板把船老大也拉了进来，他们三人抓紧最后几秒钟串通好了。很快，一只点燃的火把从船头移到了船尾，发现了蜷缩在草席下面的唐老板和船老大。

两个劫匪看管着船员，两个劫匪举着火把，剩下的那一个显然是个头目，他走到了唐老板面前。

唐老板站了起来，殷勤地问道："大爷，有什么可以为您效劳的么？"

"你是谁？"

"我是这条船上的旅客，搭船回重庆。"

"你们把船停在这里做什么？"

"雨实在是太大了，开不了船，只好在这边躲一躲啊！"

"扯淡！你们从哪来？"

"湖州。"

"在湖州做生意？"

"不不，我是去湖州拜祭祖宗的。"

劫匪头子半信半疑地打量着唐老板，又把目光扫向船老大和船员们，吼道："他说的是真的么？"

在唐老板暗示的目光下，船员们一致点头默认。

"给我一个个搜！"劫匪头子下了命令。

船员们身上什么也没有，从船老大和唐老板身上搜出的最多——八块大洋外加一些碎钱。

小傅抱着银两躲在船的一侧，被那些破布和草席闷得透不过来气，他只希望这些劫匪能赶紧拿了钱滚蛋。焦急地等待着，却听到一个粗暴的声音："怎么这么少！我看你像是一个有钱的主儿，身上怎么才这么一点钱？你拿什么来付船老大的钱？"

唐老板很干脆地回答道："用重庆的银票啊，大爷！"

"把银票给我！"

"银票已经在您手上了啊，大爷，就是那张被撕破的小纸片。"

劫匪奇怪地看着手中的纸片，很显然他以前从没见过，根本不认识什么重庆银票。于是，转向一个举着火把的劫匪，问道："这是重庆银票么？"

那个人坦言自己也不认识。其中一个看守走上前，拿了纸片仔仔细细地看了一阵子，向头子保证道："既然票子上印有重庆银行，那就一定能够兑换到银子。"

劫匪头子把银票递给唐老板，说道："快，在上面给我写上三百个现大洋！"说着，便一屁股坐在了船沿上，抬脚踩在了一堆破布和草席子上，下面是瑟瑟发抖的小傅，怀中还抱着白花花的银子。劫匪盯着唐老板在银票上一笔一画地填写数额。

小傅的身子紧贴在船板上，他的呼吸变得越来越短促，每呼吸

第八章 脚下之辱

一下都生怕暴露了自己。他和唐老板的银子就藏在几块破布下面，上面是劫匪死死压下来的脚。破布上的污垢让小傅浑身不舒服，很想打喷嚏。他的两条腿早已经麻了，胯部一直在抽筋，他简直一秒钟都忍不住了，真的快要晕过去了。每过一秒钟，小傅身上的重量就增加一分。为了保持清醒，他拼命地咬着嘴唇，直到鲜血淋漓。只有这样，他才能保得住唐老板和伙计们辛辛苦苦地赚来的钱。一定要坚持住，决不能半途而废，唐老板已经损失了三百大洋，自己怀里的银子不能再出事了。哎，早知道会是这样，还不如直接把银子给劫匪得了，都怪他自己想出了这么个馊主意。

突然，劫匪头子踩着小傅的身体站了起来，这突如其来的一股重力差点把小傅压死在下面。他听见劫匪们在讨论这张银票是不是真的能用，然后便下了船。临下船时，劫匪们警告船老大立刻离开这里，随着重量的突然减轻，船剧烈地上下晃动了几下。危机终于过去了，小傅也不省人事了。

感觉到有人在往自己脸上泼水，小傅睁开了眼。唐老板正跪在自己身边，不停地摩擦着他的双手，仔细检查他身上有没有伤痕。船正在全速前进，雨已经停了，头顶的乌云也正在散去。船员们疯了似的划着桨——谁都怕得要死！

小傅艰难地坐了起来，全身又僵又痛，心情也十分沉重。谁让自己自作聪明地给唐老板出谋划策呢，害得唐老板白白损失了三百大洋。这回唐老板肯定不会原谅他，八成会让他卷铺盖走人！他的伟大理想——做一个出色的铜匠师傅，也破灭了！还有傅大婶——

唐老板张口便打断了小傅的这番痛苦的思绪："你真是个勇敢的孩子！我早就说过，你不怕鬼，鬼也懒得理你！你今晚立了一个大功，帮我保住了所有的银两！我是不会忘记这件事的。"

小傅迷茫地听着,把唐老板的话想了一遍又一遍。唐老板竟然没有生气,这是怎么回事呢?

"但是,那张银票——"小傅不知道该说什么好。

"那张银票已经作废了。那是一张小银行的票据,那家银行因为资金短缺,一年前就倒闭了。当我看见那张银票混着钱被劫匪攥在手里时,便心生一计,准备蒙他们一下。虽然这么做很冒险,但是好在这帮劫匪都是傻瓜。"

小傅顿时松了一大口气,心里的重担终于放了下来。他的眼睛蒙上了一层雾气,鼻子也跟着发酸。这么说来,他不是个傻瓜,他出的主意救了唐老板的银子,他成功了!

此时的天空澄净如洗,没有半点被暴风雨席卷过的痕迹。重庆昏暗的城墙在远处温柔的星光中露出了朦胧的轮廓。很快,他就能见到傅大婶了,小傅心里充满了激动,他一定要好好跟母亲说说自己的这番冒险经历,一定会让她大吃一惊。

唐老板又说道:"这次真的是我们运气好啊!那些劫匪肯定是新手,出手也不是很重,要是碰到老手,我们恐怕不会这么轻易地逃脱了!不管怎么样,你这次受的苦比其他任何人都多。"

小傅揉了揉酸疼的胳膊。"哎!"他苦笑了一下,"他们出手是不重,就是出脚比较重!"

第九章
洪暴

回到重庆后,小傅迫不及待地想要把这次旅途历险的经历告诉小李。这次旅途中,小傅立了大功,实在是值得好好炫耀一番。而且,就凭小李那张大嘴巴,整个店铺很快就都知道小傅的英勇事迹了。尤其是死对头小邓,小傅巴不得有人赶紧把这事说给小邓听,看看他是个什么反应。不过,小傅很快就发现,自己一个人想着这件事就已经自豪得无比开心了,似乎没必要再老王卖瓜——自卖自夸了。可是第二天一大早,小傅一进铺子就听到唐老板主动跟他打招呼:"你的骨头还疼么?"随后,便把旅途中发生的事情一五一十地说给了其他人听。

小李哆哆嗦嗦地说:"我早说过,你们带着那么多银两,肯定会被劫匪们盯上的。"

"你错了!他们根本不知道我在船上。"

小邓站在一旁,撇着嘴说:"你们乡下人本来长得就像一堆破布,藏在里面自然不容易被发现了。"

小傅气得涨红了脸,转身面向小邓,刚要反驳,就听到唐老板说道:"行了行了,大家赶紧干活吧!闲聊得已经够久了!"

小傅只好自我安慰,再过一个月,小邓的学徒期就满了,他希望小邓立马卷铺盖滚蛋,最好这辈子都不要再见到他。大家都能看得出,唐老板也对小邓厌烦得不得了,不大可能会留小邓在铺子里当工匠。小邓的手艺没任何出众的地方,不过,做个账房倒有些天赋。他的手指打起算盘来,比店铺里的账房还要灵活,算起账来也精确得很,很少出过差错。而且,小邓还识得一些字,足够应付做账的工作了。尽管年龄小,但他那副目空一切、趾高气扬的架子倒是唬住了不少客人，不少客人因此乖乖地掏腰包，买下了小邓向他们推荐的铜器。

小邓学徒期满之后，便是小李了，再然后，就是小傅自己了。刚开始出道的时候，钱自然不会赚太多，但是只要小心应付，养活两个人还是可以的。

小邓的自由之日终于来了，也意味着小邓在唐老板店铺里的日子到头了。唐老板最大的竞争对手吴老板请小邓过去给他做账房，小邓没有推辞，毅然决然地去了。看着小邓收拾好行李消失在眼前时，老祖师傅感叹道："这只报丧鸟终于从我们这儿的枝头飞走了。"

唐老板无奈地耸耸肩。"我还真不希望哪个倒霉蛋摊上这么个要命的伙计，即便是吴老板！"

新来了一个姓冯的学徒，接替了小邓的位置。这个姓冯的学徒长相平平，看起来一副笨笨的样子。开始的时候，大家都对这新学徒冷嘲热讽，小傅也一样，不过后来感觉有些过意不去，因为他想起了自己头一天上工时的惨痛经历。等到其他人都各回各的岗位工作时，小傅来到新学徒的身边，安慰他道："别太放在心上！"新学徒抬起一张闷闷不乐的脸，小傅接着说道："你今天所遭的罪是每个学徒都会遇到的，我永远都不会忘记在这里吃第一顿饭的情景。不过嘛，这是个学习手艺的好地方，而且——"他的声音里夹杂着一股难以掩饰的热情，"而且，唐老板可是重庆市最棒的师傅了！"

第二天小傅来上工的时候，看到小学徒在店铺里无所适从的样子，不禁又想起了自己刚开始当学徒的样子。曾经的他也总是茫然不知所措，到处受人欺凌，而现在的他自信满满、身兼重任。快到中午的时候，唐老板派他去重庆山上，给一个官员送一件价

第九章 洪 暴

值不菲的铜器。铜器送达并且签收之后,小傅就回到河边坐在那儿等船。等了半天,终于有一只运茄子的船出现了。一番讨价还价之后,小傅付了钱,上了船,坐在了船沿上。

江上狂风大作,虽然按照日历春天已经来临,但是这刺骨的寒风和愁云惨淡的天幕都在向人们明示着,寒冷的冬天依然笼罩着大地。就在船夫逆风而行,奋力地抵抗着一股巨浪的时候,一股更加强劲的浪花劈头盖脸地打了过来,把他们的船掀了起来。一打紫色的茄子顺势滚到了水里,像一只只小海豚在河里顺着浪花上下起伏着。

"快抓住它们!快抓住它们!"船夫大喊道。他拼命划着桨,在这波涛汹涌的江面上挣扎着。

小傅只好伸手去抓那些落入江中的茄子。天色越来越暗了,他有种不祥的预感,这时辰比他预想的要迟,肯定是在岸边等船耽搁得太久了,如果再不尽快抵达对岸,城门恐怕就要关了。他勉勉强强地从水中救上来九个茄子,其他的实在是无能为力了。船夫对自己的损失大为不满,唠唠叨叨地抱怨了一通,才调转船头,往重庆市划去。

船一靠岸,小傅就一跃而下,疯了一样踏过泥泞不堪的路面,攀上长长的台阶,直奔城门。等到小傅跑到城门口时,大门已经死死地关上了。小傅冲上去猛敲一阵,希望有人可以听见帮他打开城门。厚实而又沉重的大门后面,是一片喧闹嘈杂的声音。而门外,距离河岸百里之远的地方,却被夜晚的雾气所覆盖,死一般的沉寂。门里门外,竟是如此不同的两个世界。小傅不甘心,对着厚重的大门又是一阵猛敲,还是没人答应。最后,他的双手实在是疲惫不堪,无力地耷拉在两边。再怎么敲也没有用了——他回来得太迟了,现在已经是黄昏时分,不到明天早晨是不会有人给他开城门了,他只能放弃了进城的打算。

　　转身走下台阶的路上,小傅心里乱糟糟的。现在除了一个人在城外消磨这无尽的黑夜,什么也做不了了。其实他自己倒真觉得没什么,就是担心傅大婶。傅大婶根本不知道他出城送货去了,唐老板临走也没交代让他送完货还要回到铺子里,这样一来,如果下工时还没见到小傅回铺子里,肯定以为小傅是直接回家去了。如果自己彻夜不归,又无人通知傅大婶,她肯定要担心死了,往最坏的结果去想。撇开母亲的担忧不谈,其实他自己还挺乐意的,像很多重庆人一样,在城外待上一个晚上,这可是既新鲜又刺激的体验!还有呢,下午送货的时候,顾客还打赏了他几个铜板,有了这些钱,这个夜晚应该不会太难熬吧!

　　如果一个人贫困潦倒,那么他的生活就会自然地分成两个阶段——有饭吃的时候和没饭吃的时候;如果一个人身染重病或者一身残疾,那么他最好还是乖乖地待在河边的沙地上,不要再去幻想在生活成本极高的重庆市里占有一席之地了。只要你脑子还算灵光,身手还算敏捷,要在河滩附近捡点免费的午餐是轻而易举的事情。江面上,来来往往的船只载运着水果和蔬菜,河龙王总喜欢顺势从船上偷点东西下来,抛在浪花中玩耍。河龙王和船夫们调皮玩耍的时候,就是河滩居民们最开心的时候,因为他们可以从河龙王的恶作剧中捡到免费的食物。不过,河龙王也有发脾气的时候。每到冬末时分,河龙王就会大发龙威,把整个河滩搅得暗无天日、民不聊生。每年这个时候正是河龙王脾气最差的时候,只是没人敢提,只怕一提,不是触犯了他,就是提醒了他,肯定没有好果子吃!

　　林妈妈自家用灰泥砌成的小棚子就建在河滩上,她搬了个小板凳坐在门前,看着眼前湍急流转的洪水,心里忧心忡忡,反反复复想着上述的念头。她的丈夫去当铺了,想去看看夏天当掉的衣服是否还在,顺便问问可不可以拿冬天的衣服去换夏天的衣服,这不是快换季了嘛!再过几个星期天气就要热了,再穿着棉袄哪里受得了呢!不过,这话可不能在当铺里说。战争没有爆发之前,林妈妈和她的丈夫从来没有和什么当铺啊、河滩啊打过交道,日子也没有这么窘迫困顿。可是,战争来了,美好的生活化为乌有……林妈妈叹了一口气,从板凳上站了起来,进了屋。

这时,小傅穿过沙地,来到了林妈妈的小屋外,喊道:"老婆婆!"

林妈妈瘦小的身影又出现在门口,小傅看着眼前这位老妇人衣着整洁,头发也梳得光滑透亮,不像是河边做苦力的农妇,赶紧改口称她"嬷嬷"。

"你怎么了,孩子?"林妈妈问道。

"嬷嬷,我是去山上送货的,结果回来得太迟了,进不了城了!现在又饿又困,想在您这借宿一宿,顺便讨碗饭吃,您看,我手中还有些钱,不知道够不够?"

林妈妈虽然年老,但是非常警惕。"这河滩上的人家多着呢——"她说。

"这我也知道,嬷嬷,但是我不想再去别人家求助了,虽然我对您来说是一个陌生人,但是嬷嬷您尽管放宽心,我是重庆市铜匠师傅唐老板的学徒,是个守本分的孩子,不会手脚不干净的!"

林妈妈苦笑了一下,说道:"即便你手脚不干净,这屋里也没什么值钱的东西给你拿了!不过,吃的还是有的,都是些粗茶淡饭,你要是不嫌弃,就和我一起吃吧,钱就不用给了。"

不久,林妈妈的丈夫回来了。小傅又向他解释了一下自己的遭遇,林老先生听得非常仔细。

"山上有春天的迹象了么?"林老先生问道。

"稻子已经插满了池塘,杜鹃花正含苞待放。农民伯伯们说,只要士兵们不捣乱,过不了几个星期,一定是个丰收。"

"哎,问题就出在这里!"林老先生说。"士兵!又是士兵!我们省的土地这么肥沃,农民们这么辛勤,只可惜战乱不断,人们还是没有好日子过!"他无奈地摇摇头,继续说道,"就拿我们老两口子来说吧,战争把我们从笑天山赶到了河滩!原本的生活也是和和美美的呀!"他疲倦地垂下眼睛,过了好久才自言自语道:"梅花香自苦寒来,只有逆境才能磨炼人的性格啊!"

小傅突然想到上次和唐老板一起去湖州,途中,唐老板说自己家世代都居住在笑天山上。小傅心里暗想,回去一定要记得把这对老夫妇的事情告诉唐老板。

林妈妈打断了他们的思绪。"开饭了!"于是,三个人都坐到了桌子前。

吃完饭,林妈妈给小傅准备了一个床铺。小傅裹着被子躺在炕上,很快就进入了梦乡。林老先生依然沉浸在对往事的回忆中,抱了床被子在小傅旁边躺了下来,不久也进入了梦乡。

林妈妈缩着身子坐在小炭炉子边,拢了拢快要熄灭的余烬。家里只有两床被子,正好小傅和林爸爸一人一床。她不停地打着瞌睡,身子又冷又僵,只好把两只缠过的小脚来回地挪动,好让血液循环畅通一点。

林爸爸回来后,已经把当铺的事情悄悄地告诉了她,他们夏天的衣服还在当铺里没有卖掉。他说,这个世界上还是好人多,眼下就要换季了,但是当铺老板一直为他们保留着夏季的衣服,好人一定会有好报!只有这样乐于助人的人才会生意兴隆,财源广进。林爸爸是一个非常善于发现别人身上优点的人,但是,只

第九章 洪 暴

有她自己心里清楚,他们当初当掉的衣服实在是太破旧了,当铺老板根本没法脱手。可是,从另一方面说,出于自己内心对丈夫的喜爱,她又觉得没准儿是当铺老板为了照顾林老先生的面子和尊严,故意这么说的!不过,话又说回来,那些夏天的衣服已经破烂不堪了,勉强熬过这个夏天,以后的日子又怎么过呢?她丈夫现在只能在最近的城门口摆摆摊子,帮路人写写信。这一行也不好做,每天赚的钱只够夫妇二人勉强填饱肚子。哎!生活真是太艰难了!

突然,门外响起了一阵奇怪的咆哮声,把林妈妈从瞌睡中惊醒了,她屏住呼吸,侧耳倾听。听着听着,呼吸变得越来越短促,她轻手轻脚地走到门口,打开大门,顿时被眼前的景象吓得目瞪口呆。五十米开外,汹涌澎湃的江水已经长成了一股高墙般的巨浪,正对着江岸发起一次又一次的进攻。吐着白沫的巨浪铆足了劲儿往河滩上涌,一点一点地蚕食着河滩上的泥土。她下午所担心的事情终于应验了!

河龙王吞下了太多高山之巅融化的白雪,这个夜晚恐怕就是他要爆发脾气的时候了!无论是逃跑还是留下,你都无法逃脱河龙王残暴的进攻,河滩上的生灵都被他玩弄于股掌之中。龙王爷仿佛在嘲笑,这重庆城之外有谁能够逃出他的手掌心?

看着眼前的景象,林妈妈愣了许久才从震惊之中清醒过来,赶紧哆哆嗦嗦地走进屋,把熟睡中的小傅和林爸爸叫醒了,告诉了他们外面的情况。

三个人手足无措地站在门口,眼睁睁地看着危险一步一步地向他们逼近。两位老人绝望地向四下张望,根本没有地方可以躲了!照这个速度,洪水很快就会冲到重庆的城墙,整个城市就如他的囊中之物。再过一刻钟,他们的小屋就会被洪水吞噬——包括他们自己。他们没有半点反抗的余地,只能从容地等待死神的降临。

小傅可不想死在这里,他当机立断,对两位老人下了命令:"把你们最值钱的东西打包一下,跟我走!嘉陵江那边有一个斜坡,没有其他地方那么陡峭,我们可以顺着斜坡爬上去,斜坡后面有一家洋人医院。自从洋人医院发生火灾之后,那个部分的城墙就一直没有修复过,到现在还是残缺不全的。只要爬上那个斜坡,我们就一定有机会进城。即便城墙太高进不了城,洪水也涨不到那么高的地方。"

林妈妈颤颤巍巍地走进屋,很快就抱了两床叠好的被子出来,手里还提着一个小小的蓝色的包裹,里面放着她全部的家当。

林爸爸断然否决道:"不能带走这些被子!光是爬上那斜坡就得要了我们的老命,再背上两床被子,我们哪儿也去不了!"

平日里林妈妈什么都听林爸爸的,可是这一次却固执起来,不愿意听从他明智的建议。"没有这些被子,我们即使爬上了斜坡,也会被活活冻死!要是不带上这些被子,我就不走了!"说完,倔强地一屁股坐在了板凳上,不走了!

小傅急得直喘气,现在,一秒钟都是宝贵的!咆哮的洪水又往岸上涌了几米,没有时间在这里争执下去了。这位老奶奶和傅大婶一样固执己见,劝是没有用的。他一把抓起被子,扛在了自己肩上,示意老两口赶紧上路,他来带路。

河滩上已经乱成了一锅粥——人们的尖叫声夹杂着动物的嘶鸣声,恐惧覆盖了一切!人们拖着家里最值钱的东西,疯了一样往山上爬。还有人把栅栏的竹子拆了下来,装成简单的竹筏,把家里的贵重物品往上一扔,自己也坐了上去,任由这块要散架的竹筏把他们带进湍急的洪水之中。而那些身患重病或者腿脚残疾

第九章 洪暴

的人们，只能躺在低洼处无助地等待死神的降临。小傅扛着被子，一边在混乱的人群中穿梭，一边仔细地寻找自己要爬上的那一段城墙。最后，他终于看见了那段城墙，便停下来等老两口赶上来。十五米外已经是一片汪洋，上面漂浮着牲畜和家禽，还有各种各样的家具，在波涛中上下起伏。除此之外，还有——一具尸体！小傅猛地一颤，立刻把脸扭向了山的方面，不敢再看。

这时，林妈妈和林爸爸也赶到了跟前，大家立刻上路了。小傅走在最前面，一面跨过陡峭的岩石，一面给林老夫妇指出容易落脚的地儿。尽管年轻力壮，但是小傅自己爬起山来也累得气喘吁吁。如果不是肩上扛着两床被子，他还可以拉林妈妈一把。好在，两位老人都很勇敢，拼尽全力地往上爬。小傅把被子靠在一丛荆棘上，擦了擦脸上的汗水。等两位老人赶上来时，小傅让他们稍作休息，随后又接着赶路了。

他们往上又爬了二十多米，才停住了脚步。重庆市的建造者真可谓用心良苦，明智地将重庆市建在这个多岩的岬角上。即使是在城墙上无人看守的情况下，敌人要想攻城也得考虑再三。这时，小傅正在照顾林老先生和老太太在卷好的被子上休息。他们的脸上和手上都是划伤和瘀青，衣服也被撕成了一条条的。林妈妈的鞋子已经破烂不堪了，她死死地咬着嘴唇忍受着痛苦，艰难地呼吸着。

小傅鼓励他们道："我们走到这个位置，已经不会再受到洪水的威胁。不过，我们还得继续往上爬，绝对不能在此停留，现在已是深夜，山上的阴冷和潮湿同样可能要了我们的命。一旦进了城，我们就能找到吃的和取暖的地方。"说完，他背起被子，带领着两位老人继续赶路了。

他们就这样一路上爬了歇，歇了爬，整个旅程就像一场醒不

第九章 洪 暴

来的噩梦。两位老人已经筋疲力尽,快要撑不下去了。小傅自己也已经伤痕累累,像个被霜打了的茄子一样。尽管身心俱疲,但是内心的恐惧还在砰砰地捶打着他们的心脏。他们可以听到河滩上传来的尖叫声,凄厉至极似乎要穿破滚滚的洪水。当他们的双手触摸到城墙的墙壁时,每个人都感觉好像已经过了好几个世纪一样。

突然,一个声音响起,一盏灯笼亮了起来,灯光照在他们的脸上。

"你们是谁?"

小傅向这个人解释了他们的遭遇。过了一会,一个洋人医院里的仆人穿过围栏,走了过来。他帮助小傅把两位老人扶过了城墙,并且把他们领进了医院。当那个金发的外国女人出现的时候,小傅眼前一亮,心里一阵高兴。

外国女人看到小傅,非常吃惊。"你这大晚上的又做了什么惊天动地的事情啊?该不会是又从龙王爷的虎口中逃生了吧?"她笑着问道。然后便转向两位受伤的老人了。医院里的病人全住在这间房子里,东西也堆得很拥挤。还好有一点点空间可以让两位老人暂时休息一下,好让他们从紧张的逃难中恢复过来。

小傅对外国女人再三感谢,林老先生也鞠躬行礼,表达感激之情。但是,林妈妈却在一旁呜咽不止,这是她第一次和洋人打交道,待在这间屋里让她感到恐惧不安。林爸爸一面为林妈妈的失礼向外国女人道歉,一面在林妈妈耳边低语安慰。小傅确定两位老人不会再有什么状况了,才起身告辞,并保证第二天一定会前来探望他们。然后,便跑出医院,往家的方向奔去。

到了家门口,小傅发现傅大婶正蜷缩在门槛上等他。傅大婶见了小傅,先是暴跳如雷,一阵谩骂,随后声音越来越小,转为呜呜咽咽的啜泣。稍后傅大婶听了小傅的遭遇,仔细地给他身上的伤口上了药,照顾他睡觉了。

第二天,来到铺子里,大家看到小傅满脸满手的伤痕,都拿他打趣。"你昨晚不是碰到鬼了吧?"小李揶揄道。

"你怎么知道的?我昨晚在城外过了一夜!"

看到大家兴致这么高昂,小傅就把昨晚发生的事情和盘托出。大家之前也略略听说了一些有关于发洪水的消息,但是没想到自己身边竟有人亲身经历了这一切。他们纷纷围了上来,问东问西。

唐老板也凑到了小英雄的身边,笑嘻嘻地问道:"你不是在做梦吧?"

"当然不是!和我一起逃出来的老夫妇姓林,他们以前也住在图托旁边的笑天山上。"

唐老板立刻凑近了,"我以前的邻居,也是我爸爸最好的朋友也姓林。不会这么巧吧?"他想了想,摆了摆手,觉得不大可能。"他不是做苦力的,不可能住在河滩上。"

"他们两个人都不是做苦力的啊,林老先生还跟我提到了王秀才。他还说,他们之所以落得这番下场,都是被战争给害的。"

唐老板的思绪又回到了从前。那还是三十四年前的事了,他还记得自己的父亲和邻居坐在会客厅里品茶的情景。茶杯上方,长长的烟管里飘出袅袅的青烟。邻居对中国古典诗词很有造诣,他们的谈话至今还模模糊糊地萦绕在唐老板的耳旁。士兵们杀了他全家,火烧房子时,他只有十六岁,他一直以为邻居应该也遭遇了类似的厄运。可现在——他转身急切地问道:

"两位老人现在在哪里?"

"就在洋人医院里呢!等今天完工了,我还要过去看看他们!"小傅用一只沾满了污垢的手擦了擦额头,为两位老人现在

第九章 洪 暴

的处境感到尴尬。"他们虽然又老又穷,但却是很有骨气的人!"

"不用等到完工了,现在就去!等我把早上的事情跟陆师傅交代清楚了,我和你一起过去看看!"唐老板命令道。

他们走进医院时,发现林妈妈正倚靠在床上,开开心心地配合护士们的照顾。林爸爸正兴致高昂地在给其他病人大声朗诵着什么,一看见小傅,眼里立刻涌现出感激的神色,满脸的愉悦。

"我们真要好好谢谢你啊,小兄弟。"他简单地说了句,随后向唐老板行礼打招呼。突然,他的脸色变了,紧紧地盯着唐老板的面孔,过了许久,终于忍不住问道:

"不好意思啊,先生,您跟我一位故友长得很像,碰巧他也姓唐。不过我已经老糊涂了,记忆力很差,总分不清梦境和现实,我八成是记错了!"

唐老板往林爸爸面前又靠近了一些。"老先生,您是不是想起了一位邻居,你们经常彻夜交谈,一起抽烟,一起品茶?"

林爸爸一听,激动得双手都颤抖起来。"没错没错!"他轻声说,"我认出你了,你是唐玉书的小儿子!"

唐老板笑道:"您说得对!老先生,您可是我父亲的至交啊!"

小傅惊讶地瞪大了眼睛,看着唐老板把林爸爸扶到了板凳上坐下。昨天由于连夜逃难,林爸爸已经是疲惫不堪,今天一早又迎来这么一个令人振奋的消息,林爸爸一时之间几乎难以承受,他哆嗦着,努力控制自己的情绪。过了好一会儿,林爸爸平静下来,两个人热切地交谈起来。

小傅悄悄地溜出大门,来到了医院后面那堵破败的城墙前。小傅爬上城墙,往下看。河滩上一片狼藉,数百座房屋一夜之间全被洪水吞噬了,还有房屋的主人也已不在人世。河水没有再往上涨了，阳光洒下来，河面上波光粼粼，一片宁静。河龙王的怒气已经平息了，现在又装出一副好脾气的样子，诱惑着那些无助的人们继续陪它玩耍。

小傅一边思索着河龙王的喜怒无常，一边寻找着林妈妈的家。河滩上空空如也，根本看不出哪里曾经住过人。不过，想到林老夫妇安然无恙地住进了医院，小傅心里宽慰了许多。而且，他们也不用为将来的生活担忧了，因为唐老板肯定会好好照顾他们的。最起码，有一个家庭从河龙王的魔掌中逃生了。哼！龙王爷！小傅很不屑地哼了一声！龙王爷也没什么可怕的，只要保持冷静，与它斗智斗勇，没有什么是战胜不了的！小傅对着河水做了一个嘲弄的姿势，便转身走回了医院。或许他该提醒一下唐老板，店铺里还有很多重要的事情等着他们回去做呢！

第十章
归谁所有

十天之后，小李的学徒期满，成了唐老板店里的一名正式员工。小李的父母非常开心，深知这一天的重要性，便大摆筵席宴请了店铺里的同事们。成为正式员工之后，小李就可以回自己家睡觉了。不久之后，新的学徒来顶替了小李原先的位置，住到了小李原先的床铺上。

　　荣升工匠之后，小李每天下工都比小傅要早一些，好几次他都要等着小傅下工一起回家，但是这样一来，小李家的晚饭时间就要推迟好多。小李的母亲对此大为不满，禁止小李下工后再在店铺里逗留。平时上工的时候，两个好朋友几乎没有时间凑到一起说话唠嗑，他们十分怀恋以前一起外出送货的时光。

　　其实，这段时间里确实发生了好多事情，他们俩真该聚在一起聊一聊。国民政府兑现了之前的承诺，给重庆市投资了一大笔钱，支持市政建设。不过，令老人们大为震惊的是，国民政府竟然用这笔钱拆除了通往三家寨的城门，只留下一段没有任何保护的城墙，残缺地立在那儿。这在重庆历史上还是头一回！

　　城里那些白发苍苍的老者们不停地摇头嗟叹："这样门户大开着，万一有敌人进犯，我们拿什么防御敌人呢？"他们迫切地想要知道政府到底什么打算。

　　没人搭理他们。很快，一条开阔平坦的公路修了起来，向四面的主干道绵延而去。路面之宽，足以让十抬轿子并肩走过，那个汉口人跟唐老板提到的车子也开了进来。车子又笨又重，走起路来轰轰隆隆地响，开始试车的时候，只有几个胆子大的人跑上去过了一把瘾。所有人的重庆人都跑出来见证了这一奇迹般的时刻。

小傅得到了唐老板的许可，趁一次送货机会特地见识了一下这被称为公共汽车的怪物。司机发动引擎时，突然响起的轰鸣声把围观的人吓得人仰马翻。女人们当时就尖声大叫起来，可是什么也没有发生。那引擎向外喷了一团气后，就没了声音，车子还停在原地，一动也不动。人们最初的恐惧烟消云散，又嘻嘻哈哈地相互打趣起来。

"我眼睛没花吧？"一个老人打趣道，"这个怪物怎么还在这儿呢？不会是已经跑到三家寨，又跑回来了吧？"

司机再次发动引擎，只听引擎像是个生重病的老人一样，病态地咳嗽起来！挣扎了一阵后，又熄火了！围观的人乐不可支起来，朝着司机嚷道："莫老板的轿子铺就在附近呢，要不要给你请十个轿夫过来，把这大车给抬走啊？"

窘迫不堪的司机下了车，打开发动机罩，伸出手在里面十分熟练地拨弄了一番。众人涌了上来，边看边议论。

"哎呀呀！这是什么玩意儿啊，真奇怪！"

"一块破铁再加上几节长管就能像只驴一样跑起来？"

"这玩意的腿呢？藏哪去了？"

一番捣鼓之后，司机总算满意地盖上了引擎盖，钻进了驾驶舱，一屁股坐在皮椅上，大声吆喝饱受惊吓的乘客赶紧上车。不一会儿工夫，车子载着乘客飞快地绝尘而去。

公共汽车扬起一片尘土，飞也似的向远方奔去，留下一群围观者使劲揉着迷了灰尘的眼睛。发动机的轰鸣声越来越弱，最后消失在了空气中。人们茫然地站在原地，百思不得其解。这一堆破铜烂铁难道是被鬼神附体了么？竟然自己跑了起来！

让人拍案称奇的东西还不只是这个被叫作公共汽车的玩意儿。

政府又在城里建了一座大房子，里面摆着一台用链子捆住的发动机。只要一启动，它就会源源不断地发出愤怒的呼啸声。可怕的机器把水抽到水箱里，卖给那些能够买得起的重庆人。据说，这水比挑夫们从河里打上来的水要干净得多。但是，重庆市的大街小巷还是和以前一样湿漉漉地打滑。能用得起这么昂贵的水的人家毕竟是少数，大部分重庆人还是从江里挑水过日子。

小傅把这件事告诉傅大婶时，她耸耸肩，很不屑地说："我就是有再多的钱，也不会花在这个上面。从龙王爷的床上直接吸水上来喝，总让人感觉怪怪的！我看这些人肯定要倒霉！"

小傅宽容地笑了笑，说："洋人不怕龙王爷！我也——"他停顿了一下，想把话儿说得委婉一点，"我也不是很怕！"

"洋人！又是洋人！你就跟个猴子一样学他们的样子吧！你就不能向咱们的祖祖辈辈们一样思考问题么？他们可不会像你一样傻了吧唧地跟洋人打交道！"

"那是因为咱家的祖祖辈辈根本不知道这世界上还有洋人！而我呢，作为一个纯正的中国人，我知道有洋人，而且还愿意跟他们打交道！在他们身上，我只看到了友善，没看到其他什么不一样的地方。就拿外国女人来说，我帮了她的忙，她心存感激，给我送钱，还照顾唐老板的生意。在别人都束手无策的时候，她还救了小李的命，不然，小李早见阎王去了！还有林老夫妇，在医院里找到了安身之处。"

"生死有命，小李是命不该绝！你那外国朋友是碰巧赶上了，讨了个便宜！"傅大婶话锋一转，语气缓和了一些，"不过，那黄头发的女人和其他洋人确实不大一样，就是老虎，它们身上的条纹和胡须还有不一样的呢！"

小傅一眼看到一丝欣喜在傅大婶眼中一闪而过，不禁哈哈大笑起来。他们之间这种友善的对话越来越频繁了，即便意见相左，也总能轻松愉快地结束。傅大婶和大多数老一辈的妇女一样，对新事物不抱有什么好感。王秀才一心埋首故纸堆，对周围发生的一切不管不问。唐老板倒是很关心时事，在没有得出公允的评判之前，一般不会随便发表意见。不过，每个人的生活多多少少都发生了一些变化，这一点是毋庸置疑的。

士兵们不再整日徘徊于茶馆了。小傅常常看到士兵们排成一排走在大街上，雄赳赳气昂昂，一心只关注着自己手头的任务。建筑工人把商业街的老房子推倒了，建起了一排排高高耸立、风格奇异的洋房。

新政府的改革势力正触及人们生活的方方面面。之前对新政府还颇有微词的人也开始兴高采烈地谈论起新政府的政策。不过，新政府的反动势力也越来越活跃了。小傅之前一点也不知道，直到有一天晚上，他看见永喜茶馆门口被人们挤得水泄不通。凑上去才发现，一个人正站在桌子上，义正词严地抨击着洋人和腐败的军阀统治，当然，被骂得最凶的是南京政府。

人们大多是觉得新鲜，便凑上去听一听，不时地报以一笑。但是，任那年轻人怎么口出诳语，也没有一人发表意见。小傅看穿了演讲者的心思，他期待的不是众人的沉默，而是一场辩论，不然，他也不会抛出一大串的问题，做出等着别人来回答的表情。只可惜，这些问题一个个如同掉进了深渊，连个回声都没有。周围的人都是抱着一副漠不关心的态度来看笑话的。那年轻人见没有任何回应，大为不悦。最后，义愤填膺地总结道："工人同胞们，就是因为你们这种置身事外、漠不关心的态度才导致如今遭受沉重压迫而不自知。你们弯下高贵的脊梁，心甘情愿地接受地主、富豪以及权贵们的奴役和压迫！你们竟然一句怨言也没有！

第十章 归谁所有

难道你们不想团结起来争取自己的利益么？难道你们希望自己的子子孙孙都为奴为婢么？命运掌握在你们自己的手中！而我们的任务就是在黑暗中为你们指出通往光明和自由的道路。如果你们不听，那将是你们的损失！"说完，年轻人从桌子上一跃而下，坐到了一张板凳上，扯着嗓门要了一碗茶。

小傅笑了，这家伙显然是因为得不到别人的认可而大发雷霆了。不过，试图让别人接受一种新的"主义"本身就是一件吃力不讨好的活儿！王秀才曾说过："人必自制，方能制人！"这么了不起的真知灼见，那年轻人一定没有听闻过。

围观的人们见没什么好戏可看了，便渐渐散去，融入了茶馆门前熙熙攘攘的人群之中。小傅在茶馆里兜来转去，不愿离开，想再观察一下这个演讲者。这位演讲者一看就不是本地人，重庆话说得很不地道，个头也比一般重庆人要矮一些，而且，他还穿着茶色的皮鞋，梳着洋人的发式。看起来像是南方人，可是如果真是这样，又怎么会对南京政府如此出言不逊呢？

一个农民走到了喝茶的年轻人身边，想向他请教问题。小傅正站在茶馆门口的雕花窗户边，离得太远，听不清他们在说些什么。突然，年轻人的嗓门提高了好几个分贝，激动地嚷道："如果你的庄稼歉收，那就不要去交租金！难道地主就应该在你家里揭不开锅的时候，自己在家大鱼大肉么？终有一天，土地会归大家集体所有，收获的庄稼也由大家均分，谁也不能多拿一点，谁也不能少拿一点！我们的宗旨就是要把富人的财富夺过来，分给穷人！只有这样，世人才能实现真正的平等和自由。"

农民听后大惊失色，匆忙鞠躬答谢，回到了柜台前。只见他站在那儿一脸的困惑，脚趾头在草鞋间不安地扭动着。一个旁观者用胳膊肘碰了碰他，不怀好意地嘲笑道："说得对啊！不交租子钱！还要把宋老板的地给抢过来！你很快就要发大财了！"

农民摇摇头，说道："这个想法实在是太疯狂了！宋老板也没多收我租子啊，也没剥削我啊！偶尔闹个干旱什么的也不怪人家宋老板啊！再说了，我可不想和其他人一起种我那块地，本来事情就够多的了，人多了也不见得是好事！我更不想把自己的收成分给我的邻居。我那邻居老增，一年就种两回庄稼，而我要种五回。我辛辛苦苦地劳作一整年，到最后还得跟他一起平起平坐地分东西，那我这一年到头累死累活的，图个什么啊？"那农民一边自言自语，一边跛着步子走到了大街上。小傅也跟着出了茶馆。

"怎么这么晚才回来？"小傅一到家，傅大婶就质问道。

"我去永喜茶馆溜达了一会儿。"

"不赖啊！小小年纪，就有时间和闲钱去茶馆里鬼混啦？长大了，肯定有出息！"

小傅做了个鬼脸，回答道："尊敬的母亲大人，您过奖了！我可不是去瞎混的，我只是路过茶馆，听到里面有人在大声说话，就进去听了一小会儿。是个外地人，满脑子稀奇古怪的事情，说起话来激动得要命。"

"半瓶子水，晃荡得倒响呢！"

"这个男的可不是半瓶子水，他可是有抱负的人！一旦有人愿意听他说，他能滔滔不绝地说个没完没了呢！他鼓励大家把富人的东西抢过来，据为己有呢！"

傅大婶咂了咂嘴。"小孩子家的胡言乱语！只有懒汉才会去抢别人家的东西！"

第二天早晨，大家正专心致志地干活时，老祖师傅突然停下手里的活儿，对另一个工匠说道："真是奇怪了，城里怎么突然来了那么多陌生人，成日里拉着工匠和农民们说个没完没了，难道

第十章 归谁所有

他们不知道咱们从早到晚都忙得喘不上气么？想唠嗑，怎么不去找那些有钱人啊，他们可有的是时间！"说完，他自己倒咯咯地笑了起来，"我琢磨着，这些人八成是南方来的动乱分子，他们那儿的日子过得太好了，闲得没事干，来这边搅和搅和。"

其他人纷纷点头表示同意，随后便各自忙自己的工作去了，只有魏师傅，还站在那儿，一动不动，眼里燃烧着怒火，一副欲言又止的样子。他仿佛在拼命地克制着自己，终于还是把嘴巴紧紧地闭上了，拿起一件铜器开始工作了。

小傅拿起一块铜板，假装认真地检查起来，其实是在偷偷地观察魏师傅。这个魏师傅真是一个谜！他是来顶曾师傅的空缺的，论手艺，那是无可厚非的精益求精，但是说到人缘，他已经把店铺里的同事们全都得罪了一遍。打一开始，他就对这份工作很不满意。只要唐老板一转身，他就开始抱怨这抱怨那——工钱太低啦，吃得太差啦，工作时间太长啦，当然，他也十分看不惯唐老板越来越多的财富。每逢他喋喋不休地唠叨时，其他工匠们都默默地听着，从来不搭他的话。从工匠们偶尔会心地微笑和默契地眨眼中，小傅还是可以看出他们对这位魏师傅的态度。小傅突然想到，魏师傅的言辞跟茶馆里的那个年轻人的演讲很相似。老祖师傅口中的反动派估计就是那个年轻人吧，魏师傅八成也算一个。

下午的时候，小傅把店里的一些存货送到一个洋人的府上。回来的路上，看见一群暴徒堵在苏家大院门口——苏老爷是个有钱有势的官员。暴徒们在门口大声嚷嚷："杀死富佬，分了他的家产！"

院子里堆放着各种家具，衣服被扔得到处都是。站在这群人中间的好像是那个在茶馆里大放厥词的年轻人，正在发号施令。苏家的仆人们站在一堆东西的后面，一副手足无措的样子，眼睁睁地看着大街上的苦力像强盗一样冲进院子,恣意挑选自己看中的东西,拿了就跑。苏家的两个孩子紧紧地抱着乳母,乳母则小心翼翼地保护着他们,生怕他们受到这群丧心病狂的暴徒们的伤害。大一点的孩子吓得面如死灰,小一点的孩子哭得震耳欲聋。苏老爷和家里的太太们都不在,听说是出城去了,可能是苏老爷把三个太太也一起带出去了。小傅赶紧从人群中溜了出去,待会肯定会有士兵赶过来平息这场暴乱,最好在他们没来之前溜之大吉。

回到铺子里,小傅把这件事告诉了大家,大家无不表示惊讶,大为震撼。可魏师傅却笑了:"那姓苏的老爹本来就是一扫大街的,要不是他儿子当了土匪,他肯定一直扫大街扫到死!如今,就因为他儿子干的勾当,这老瘪三也跟着沾光,得了一大笔钱,倒成了这重庆市里显赫的人物了!今天从他家里抄出来的东西本来就是他们从别人家里搜刮来的,现在就该讨回去!"

"或许吧,"唐老板说,"姓苏的确实不是个好东西,这个人人共知。但是光天化日之下抢人家的东西,还是少做为妙!那些抢东西的苦力也不一定以前个个都被他儿子抢过吧?"

魏师傅顿时不说话了,但是他好像被自己的这种想法弄得很兴奋。

就在当天晚上,一座洋房也被人抢了,房子的主人还被打了个半死!第二天早上,小傅迫不及待地赶到了铺子里。果不出他所料,魏师傅正扯着嗓门喊着:"我们一定要齐心协力,把洋人赶出中国!他们是中国人最大的敌人,他们要把中国人变成奴隶!"

小傅想到了外国女人,她也是敌人么?可是她每天都在救死扶伤,帮助中国人啊!真让人想不通!这时,唐老板走上来,对魏师傅说:"这世界上不乏一些人在探索救国救民的道路,这对国家本身来说是好事。前几天我还听说一些中国人和洋人对你们的这套理论大为赞赏，怎么没过几日你就对自己的支持者出言不逊了呢？"

魏师傅的脸刷地红了。"我真不明白你是怎么想的，"他自言自语道，"我是一个汉人，我要为黑头发的中国人出头，我要保卫我们的祖国。"

"我也是个汉人！"唐老板道，"不过我们应该先从自己的体系找问题，干吗总是把账算在洋人头上呢？我一向不对洋人的事情评头论足，不仅浪费时间，而且愚蠢之极！而且，这样只会蒙蔽我们自己的双眼，让我们看不到自己的问题，我从不依赖洋人的智慧，也不会去仰仗洋人的势力。难道我们中华大地，就找不到真正有才能有思想的人来改变国家的命运么？"

"你当然不会说洋人的坏话了，你还指望着洋人照顾你生意呢！"

"我只是不愿在真相面前保持缄默了。"唐老板反驳道，"外国人和中国人一样，也分很多种。有些洋人心地善良、乐于助人，有些洋人胡作非为，我也恨不得杀之而后快！但是，你要是非把中国人的苦难全算在洋人头上，那简直就是胡说八道！"

"总有一天你会为你今天说出的话后悔莫及！"魏师傅威胁道，他的声音里满是怒火。

"真的么？"唐老板笑了笑，就好像是在迁就一个不懂事的孩子，"那我就等着那一天吧！好了，去干你的活儿吧！"

突然，哐当一声！魏师傅把手里的铜罐往地上一扔，大发雷霆："你算老几？凭什么命令我？"

小傅的心怦怦地跳了起来。他弯下腰，把铜罐捡了起来。在铺子里，竟然有人敢这么对老板说话！

唐老板冷冷地看着魏师傅。"我是这里的老板,"他对魏师傅说道,"如果你不愿意听从我的命令,可以立马走人!"他转身对账房说:"把这个人的工钱算清楚,立刻结给他,让他走人!"

待魏师傅走出店铺的时候,老祖师傅才小声地说道:"这种人,当初就不该让他来!"

混乱的日子又持续了一个星期。暴乱事件每日激增,局势越来越混乱。大部分的洋人都跑到了扬子江上的洋人炮舰里,寻求保护。他们的财产基本上都被抢劫一空。铺子里的师傅们心情也很沉重,时不时地摇头喟叹。无论是打仗还是抢劫,对他们来说都是司空见惯的事情了,每天都会发生,也无可奈何。而眼下的局势却让他们感到很不安,他们根本不知道这些所谓的反动派下一个目标会是谁。这些反动派满脑子都是想要改变社会现状的疯狂念头,谁都有可能成为这些亡命之徒的牺牲品。

王秀才也对时下的局势很不满。一天晚上他和小傅站在戴老板家门口聊天,闷闷不乐地说:"我的心因为这片土地所遭受的苦难而感到痛苦!无论是圣贤们的智慧还是我们国家几千年的历史,都没有办法让我们摆脱眼下的苦难。军阀混战多年,老百姓们一直饱受抢劫和重税的伤害,统治者不断地更换,每次都将魔掌伸向老百姓。我们现在就像一只只家禽,正在被这群人榨干最后一点骨髓。"

"至于现在的那些反动派们,"老先生摇摇头说,"三千多年前,我们的国人就能够怀着一颗仁爱的心,合理地分配土地和财富。天子,也就是国家的统治者,通过井然有序的管理,让国家繁荣发展。"王秀才叹了一口气,接着说道:"但是,现在的人们,早已经与老祖宗的章法背道而驰了,这些激进的反动派只会给我们的家园带来灾难。"

第十章 归谁所有

好在没过多久,铜匠铺里的另一件事情转移了大家的注意力,政治问题被大家暂时遗忘了。老祖师傅的儿子要结婚了,他邀请店铺里的所有人去参加儿子的婚礼。为表好客之道,老祖师傅还特地邀请了两位新学徒,说他们可以去和他的孙子们玩耍。

唐老板手里拿着大红色的请帖,陷入了沉思。他走到小傅面前,问道:"你是不是很想去参加婚礼啊?"

"怎么了?"

"晚上必须有人留下来看铺子,你知道,出于礼节,我是必须要去的!可这么一来,我就必须留下一个工匠来看管铺子了,但是工匠们都是老祖师傅的好朋友,他肯定希望大家都在场。我也可以让小李留下来,但是我觉得不太放心,你这孩子呢,遇到困难总有解决办法,我希望你能留下来替我看管铺子。"

"您的意思是让我一个人留下来看管整间铺子么?"

"正是这个意思!"唐老板眨了眨眼睛,"如果说这间铺子里还有谁能够让我格外放心,那就是小傅你啦!"

小傅故意夸张地鞠了一躬。"我深感荣幸!至于您刚说到的小李,我说什么他都会听的!"

"那就太好了!"唐老板回答道,"就这么说定了,别忘了告诉你母亲那天晚上你要睡在铺子里。"

小李一听说小傅要留下看铺子,不能去喝喜酒,惋惜得不得了!"你怎么这么倒霉啊!大家都说婚宴上会有很多好吃的东西,有上不完的菜,一直吃到撑死为止!"小李一想到吃的,就不停地咂嘴。

晚上,大家都拿着送给新人的红包走了,留下小傅一个人在铺子里。傅大婶起早贪黑地做了一双镶边的壁饰,让小李带过去作为送给新人的礼物。小傅目送着大家消失在大街上,心里满是欢喜。

　　临走之前,大家已经帮小傅把店铺外的门板插好了,只留下最后一小块板子的空当。再晚一点,等小傅想要关闭店铺的时候,只要把剩下的那条板子插进槽里,就可以了。路上的行人越来越少,偶有几个行人踩着松软湿滑的石板路,融进了暮色之中。一个挑夫走着走着,忽然停了下来,把担子靠在大腿上,一面嘀嘀咕咕地抱怨着,一面数着手里的铜板。等他确定刚才的活儿所给的报酬还算合理时,才满意地把铜板放进腰包里,开开心心地挑着担子继续上路了。一阵吵闹声从街的另一头传来,一个当婆婆的正在责骂自己的儿媳妇不会照看孩子。小傅不自觉地笑了,这老婆婆让他想起了自己的母亲。唐老板选中自己的儿子留下来看店,傅大婶心里很是自豪,尽管她在努力掩饰自己的激动,但小傅还是感觉到了。

　　夜晚的天空没有一丝雾气,一轮金黄色的明月从暗蓝色的山后缓缓升起,好像要在山顶小憩片刻。小傅呼吸着重庆市夜晚特有的空气,心情十分舒畅。一个卖红薯的移动摊子停在了他面前,在重庆,红薯被称为是"乞丐吃的东西",但是味道确实不错!小傅扔了一个铜板给小贩,挑了个最大的红薯。小贩收了钱,推着摊子继续往前走了。小傅迫不及待地剥开红薯,一股热气冒了出来,露出了又红又甜的瓤。小傅一边啃着红薯,一边想着老祖师傅家的喜宴,美味的佳肴一定已经端上桌子了。他不由自主地幻想着自己也能亲临现场,美美地饱餐一顿。不过,他很快又骄傲地昂起了脑袋,不!他宁愿留下来看铺子。

　　长长的街道陷入了一片漆黑之中,淡淡的月光还没有照到地面上。小傅瞥见几座房子外的门柱后面躲着三个人,没起什么戒心,小傅又把目光转向了高悬在夜空的月亮,随后便拿起那根窄窄的门板，插进了门槽中。

关好了门，小傅四下里张望，想要找点事情做。他发现一个美丽的铜罐上沾满了油，擦铜器的布就放在旁边，于是捡起铜罐聚精会神地擦了起来。不一会儿，油乎乎地铜罐变得闪闪发光了。小傅心想，总有一天，他也要造出这么精美的铜器。他一直想自己做一个小火盆，或许哪天可以问问唐老板，在下工之后找时间做做自己的东西。

铺子里一片漆黑，闪烁的烛光撕破周遭的黑暗，一大堆被擦得锃亮的紫铜和黄铜在烛光的摇曳下闪闪发光。小傅把擦好的铜器放好，在铺子里走来走去，检查架子上的各种存货。每件铜器似乎都在向人们展示它出于谁之手。老祖师傅的设计风格粗放美丽，但是细节之处总是处理得不够细致；陆师傅的设计大都一样，没有多少创意，但是细节之处总是处理得恰到好处；小李在雕刻龙鳞方面很有自己的一套办法；另一个工匠习惯把铜器的边凿得参差不齐。总的来说，每件铜器都是精品。唐老板通常都要在仔细审查之后，才会在铜器上盖上自己的大印。架子上有一个美丽的小水烟袋，制作精良、巧夺天工，这是唐老板的杰作！唐老师真可算得上是一个艺术家，可惜他大部分时间都花在了管理店铺、打理生意上面了。

小傅越看越觉得心里痒痒，实在太想把心目中的那个小火盆给做出来了。他小心翼翼地把水烟袋放回了架子上，走到了后屋的锅炉房，用钳子拨弄了一下快要熄灭的炭火，让火再度燃烧起来。他在储藏室找到了一块劣等的铜片，准备拿它试试手，但愿唐老板不要责骂他乱用店里的东西。无论如何，他决定冒这个险。小傅用钳子夹起铜片，放在红红的炭火上面烤。就在铜片烤得有点发软时——

一阵奇怪的声响引起了小傅的注意。肯定是老鼠！不过，他好像听到了有人说话的声音。小傅放下钳子，踮起脚尖走到了前屋。一切都跟他离开时一模一样。真是见鬼了！要是唐老板知道他一个人看铺子是如此的心神不宁，肯定要笑话他！

小傅又回到了锅炉房，拿起钳子继续烤——那个奇怪的声响又响起来了！这一次可以肯定不是闹鬼了，因为小傅随后就听到了木头断裂的啪啪声。有人要破门而入！小傅吓得一动也不敢动，蹲在原地。不过很快，他就冷静了下来。他把铜片轻轻地放到一边，把钳子插进炭火里，轻手轻脚地走到中屋，透过门缝，小傅看见墙上印着三个人影，门板上有一个大窟窿，看样子这三个人就是从那里钻进来的。

为首的那个一回头，小傅就认出是魏工匠。另外两个看起来不像重庆本地人，听说话的口音像是南方人。

魏工匠指着货架说："把架子上的东西都推到地上，到时候我们一并拖走，丢到巷子里去。这里的老板一回来，肯定会四处寻找，不过在那之前，巷子里的乞丐们肯定已经把这些瓶瓶罐罐给瓜分完了。"魏工匠的脸上露出邪恶的微笑。

小傅站在原地，呆若木鸡，眼睁睁地看着这群暴徒把架子上的东西迅速推倒在地上。他愣了一会儿，终于按捺不住了，只见魏工匠拿起了那个水烟袋，一眼便认出是唐老板的杰作。姓魏的朝那水烟袋吐了一口唾沫，恶狠狠地砸在了地板上，还上前使劲地踩了几下。

小傅四下寻找可以当武器的东西。后屋，插在炭火里的钳子正嗞嗞地冒着白烟。小傅抄起钳子，大叫着冲进了前屋，扑向那三个暴徒。他甩着火钳，狠狠地砸在了魏工匠的头上，来不及躲闪，魏工匠一头栽进了一堆铜器里。他的两个同伙见状，都吓得退到了门板边，一面从腰间掏出刀子。等看清冲出来的不过是个半大不大的孩子时，两个人的胆子又大了起来，掉转头向小傅杀过去。

小傅围着铜器和趴在地上的魏工匠绕圈子，三个人玩起了猫捉耗子的游戏。一旦有人靠近，他就拼命地挥舞着手中的钳子，对抗着对手手中的刀子。但这毕竟不是长久之计，他的心怦怦地跳得厉害，手腕也被这沉沉的钳子压得酸痛。要是他能用钳子放倒其中一个那该多好！这时，姓魏的突然发出一声呻吟，小傅不由自主地往魏工匠那边看了一眼。说时迟，那时快，其中一个暴徒立刻上前将小傅绊倒了。小傅重重地摔在了地板上，钳子也甩了出去。完了！这下完了！小傅绝望地趴在地上，就等着从背后插进来的刀子结束他的性命。可是，什么也没有发生。却听见背后传来唐老板雷鸣般的声音："你们在干什么？"

两个暴徒急忙转身，举起手中的刀子。门口还站着陆师傅和小李。唐老板已经抄起一个大火盆，对准其中一个狠狠地砸了过去，那人应声倒下。另外一个想要做最后的挣扎，他冲向门口的两个工匠，想要杀出一条路。在打斗中，小李被刀子割伤，发出一声凄厉的尖叫，但是小李没有退让，反而顺势把暴徒手中的刀子给夺了下来，和陆师傅一起把这垂死挣扎的暴徒擒获了。几分钟不到，三个入室抢劫的暴徒都被五花大绑地扔在了地上。

唐老板问其中一个还比较清醒的人："你们是新党派成员，是么？"

那人一脸阴郁，点了点头。

"这个姓魏的，素来与我不和，他来捣乱我一点儿也不惊讶，可是你们和我无冤无仇，又是为了什么？"

"他是我们的同志，我们来这里是因为你有钱！"

扬子江上游的小傅

"有钱？"唐老板苦笑道，"我这小店铺两年里缴了九次税，又给官老爷搜刮了好几袋银子。我每天忙忙碌碌，干的活和挑夫差不多。不但如此，我还得给贼头一大笔钱，给丐帮一大笔钱，不然我的生意就没法做！你们现在跑过来，说我有钱，还要我把钱拿出来分了？看你也不像乞丐，穿着还挺体面的，你不是要把富人的财产分给穷人么？怎么不把自己的皮鞋送给外面的轿夫呢？吃得苦中苦，方为人上人！我今天所拥有的一切都是我自己辛辛苦苦赚来的！"唐老板冷冷地说。

　　一个小时之后，衙门来了士兵，把三个暴徒带走了。这时，三个人都已经清醒，可以自己走路了。姓魏的脑袋开了花，伤势比较重。小傅看着他们离去之后，就急急忙忙地开始收拾铺子里凌乱的东西。他从地上捡起一个被踩扁了的铜器，顿时又火冒三丈起来。

　　"这是什么？"唐老板问。

　　"您做的小水烟袋。"小傅擦掉表面的灰尘，琢磨着上面的凹痕不知道能不能修复好。或许好好修复一下，还能变得漂亮，只是不可能再和之前那个一模一样了。"我就是为了它才砸破姓魏的脑袋的！"小傅激动地说。

　　唐老板的眼里溢出了温柔的光芒："总有一天，你会做出更好的铜器！"

　　"我很想做一个小火盆，"小傅急切地说道，"我找了一小块铜片，正在火上烤着呢——"他猛地打住了，因为他看见唐老板满脸忍俊不禁的表情。

　　"我正纳闷呢，你手中怎么正好有一个烧热的钳子呢，这个我们先不说了。如果你明天有空，就去做你的小火盆吧！没准儿，你的小火盆还能为我的店铺锦上添花呢！"唐老板揶揄地说。

"为什么您这么早就从老祖师傅家回来了？"小傅很想知道。

"我们刚走进老祖师傅家，你的朋友小李就对我说，他看见姓魏的在大街上晃悠。我想了一下，总觉得不放心。给新人送上礼物和祝福之后，我就跟老祖师傅解释了一下，请他允许我早点回来，临走时我跟陆师傅说了自己的担心，他坚持要和我一起回来看看，小李也是，结果我们三个人就一起赶回来了。"

小傅听了，不禁打了个寒战。暴徒的刀子差点儿就要了他的命！他看到唐老板眼中写满了关爱之情，两人就这样沉默地站着，一时间百感交集。最后，唐老板打破了沉默。

"去睡觉吧！"他垂下眼命令道，"太激动了对孩子不好！"

小傅于是回房睡觉了。一想到明天傅大婶听到这个消息会做出怎么样的反应，他就忍不住笑了，这点激动跟傅大婶比起来简直算不了什么。明天他要早早起床，好好研究一下自己念叨已久的小火盆！

第十一章
骑虎难下

第二天吃中饭的时候，小傅对小李说："你真是我的好朋友！要不是你看见了姓魏的，并告诉了唐老板，我恐怕都不会坐在这里吃饭了！但是我觉得很对不起你，害你没吃上老祖师傅的婚宴。"

"没吃上喜酒倒没什么大不了的。"小李回答说："我最近在为别的事情烦着呢！我妈现在一个劲儿地催着我娶媳妇。有一天，我看见她跟一个上了年纪的媒婆不知道在聊些什么。结果那天晚上，我就在老祖师傅家的婚宴上看到了那个老女人。我这胃口顿时就没了！后来，唐老板和陆师傅准备回铺子，我就趁机跟着溜走了。"说完，小李擦了擦脑门，想起来还真有些后怕。

小傅拿他打趣道："你以为溜出来就没事啦？你跑不掉的！他们迟早要逼你就范！"

"啊？千万别啊！"小李变得郁闷起来，"我的姐姐们一个个都嫁了出去，我妈就想让我赶紧娶个媳妇，好帮她料理家务，照顾孩子。可是我现在一点儿也不想结婚！怎么着也得再快活个一年吧！小的时候，家里人就喜欢使唤我，动不动就让我做这做那。大一点做了学徒，又要听唐老板和其他工匠们的指挥。现在，好不容易熬出了头——虽然还要处处留心，听人使唤——但这是不一样的。我已经可以自己挣钱养活自己了！"他害羞地停顿了一下，"尽管现在只存了两三百文钱，但是还不错啦！我爹赚的也不比我多多少呢！不过，要是娶了媳妇就多了张嘴吃饭。"

"也别这么说啊，没准儿你媳妇很漂亮，还旺夫呢！"

"那倒是！要是个官老爷的女儿肯定旺夫了！"接着又戏谑

道,"没准儿长得跟那些成天在嘉陵江城门外游荡的斜眼女乞丐有得一比。"

这次谈话后,小傅总是忍不住自我安慰,至少傅大婶到目前为止还没有逼他娶亲的念头。他现在整颗心都放在工作上,只想着手艺能有所进步,不想有其他事情妨碍了他在事业上的野心。可是他的好朋友小李就不一样了!小李的爹才是一家之主,不到死的那一天,家里的大小事情都得听他的。如果小李他娘告诉他爹,家里需要一个儿媳妇来替她分忧解难,小李是无法逃避这个问题的。小傅知道不是每个人都可以像他这样自由自在的,他问自己,如果父亲还活着,他的生活又会是个什么样子呢?——八成还在图托附近的乡下耕田种地,肯定不会来到重庆,在铜匠铺子里做个手艺人。

不过就今晚来说,小傅还真觉得在乡下种一辈子的地没有什么不好的。椅匠路上,随着黑夜的降临,行人也越来越少,沸腾了一天的街道重又恢复到深沉的宁静之中。小傅没精打采地挪着步子,心里盘算着这种炎热的鬼天气已经持续了多久,还要大概多少天天气才能慢慢转凉。今年的夏天怕是他长这么大过得最炎热的一个了。去年夏天,重庆市瘟疫猖獗,大家的日子都过得苦不堪言,可今年的架势简直比去年还要人命!在这样的大热天,生意却好得不得了,订单如洪水一样涌进铺子,真是不想让人活了。

这会儿,小傅想当一个了不起的铜匠师傅的雄心壮志也被磨灭得差不多了。他的手指因为碰到了滚烫的铜器到现在还火烧火燎地疼着,鼻子被刺鼻的气味熏得难受。他现在对这份苦差事厌倦得不得了,巴不得这辈子都别再看见一块铜板了。

对面是一家丝绸店,小学徒不小心将茶水洒在了一卷从成都来的绸缎上,立刻遭到了严厉的惩罚。小学徒挨了师傅几个巴掌,痛得哇哇大叫。小傅看着一点儿也不惊讶,做学徒的就应该把师傅家的财产当成自家的一样爱惜。这个道理他一早就知道了。隔了几座房子以外,两个妇女正在吵嚷不休,起因是一个妇女中午把鞋垫拿出来在太阳底下晒,到了傍晚却不翼而飞了。两个人就因为这点芝麻大的小事扯在一起,高声谩骂,满口的污言秽语,简直不堪入耳。一个生了病的孩子正在放声大哭。一条狗一面撕扯着什么东西,一面狂吠不止。不远处,一个道士正在敲锣打鼓,声音盖过了整条街。那户人家里有人吊死在房梁上,所以请个道士来驱魔辟邪。

小傅脱下蓝色棉布外套,擦了擦身上的汗,抬起光着的脚丫,避开那些冒着热气的石阶,专拣凉快的地儿落脚。还好,母亲今晚不用在热气腾腾的灶炉前忙来忙去了,想到这点,小傅不禁一阵高兴。昨天,傅大婶收到山上侄子的来信,说是老祖母病了,他和妻子整天在地里忙活,抽不开身,如果傅大婶有时间可以去看一看他们,顺便照顾一下老祖母。傅大婶看了信,觉得自己必须得去一趟,就立马收拾行李,准备起身。

黎明时分,小傅陪着傅大婶来到了河边,一番讨价还价之后,便目送傅大婶过了河。走之前,傅大婶塞了两块大洋在小傅手中,这是她平日里省吃俭用攒下来的。"我是想早去早回的,但是生病的人什么时候能好可说不准。要是我一时半会儿回不来,你就把戴老板的房租给交了,剩下的自己留着用。还有,别忘了付给运水工挑水的钱,他们一家就指着这钱过日子,一定要及时付钱。还有你,整天跟个饿狼似的,我都不知道唐老板每天给你吃的什么东西,你自己买些水果吧!一来可以充饥,二来可以解暑。但是,不要把钱花在吃芝麻糖和甜酥饼上,这些钱可不是从大街上捡来的，一定要省着点花。"

现在，两块大洋沉甸甸地躺在小傅的腰包里，从来没有装过这么多钱，还真有点不习惯！足足两块大洋！真不知道傅大婶是怎么了，竟然一次给他这么多钱！这些钱够一个人两个月的生活费了。戴老板的房租、运水工的运费，再加上自己的开销，一半就够了啊！小傅平时口袋里能装五十个铜板就已经很了不起了，现在竟然装了两块大洋，简直不可思议！更让人激动的是，他有生以来第一次一个人在家，想干什么就干什么，没人管束着他。一想到这就激动得不得了，跟做梦一样。

小傅疲倦地打了个呵欠。他觉得自己今天真是累坏了，实在没力气爬到王秀才家读书认字了。虽然他已经适应了屋后猪圈散发的气味，但是，在这样一个没人约束的夜晚，家里实在找不到什么乐子来打发时间。他把脑袋伸出门外，感觉周围的几条街都让人心生腻烦。他当即下了决定，既然今晚没人管着他，索性跑远点，出去看看有什么新鲜玩意儿。小傅一边想着，一边迅速锁好了门，系紧了裤腰带，一头扎进了黑夜，往嘉陵江城门的街道走去，那边肯定比家里凉快得多。

很快，小傅就来到一个地势比较低洼的城墙前，他找了块坑坑洼洼的大石头，坐了下来。河面上升起一层阴冷朦胧的薄雾，他的整个身体都陷进了这片清凉的薄雾之中。不远处的田野里，坐落着小小的三家寨村，仿佛在这夜色中熟睡了。还记得春天的时候，他经常沿着这条路奔走送货，金色的大地上点缀着一块块祖母绿色的稻田，美不胜收。他跳下城墙，沿着大道往前走，只是城门已经被政府拆了，重新建起了从重庆直通三家寨的公路，那些之前看起来稀奇古怪的公共汽车现在已经是人们再熟悉不过的风景。每每车子停下，乘客们便一拥而上，搭着车来往于城市的各个角落。至于那些乞丐们，自从得到了政府的照顾，已经很少聚集此地骚扰过往的路人了。只有一小部分乞丐还会聚在这里从事着老营生。只是今晚，一个乞丐也没有，小傅琢磨着他们都去哪了呢，好像凭空消失了一样。小傅向四周望了望，只见黑暗的天幕上闪闪的星星发着幽幽的亮光，底下的河流奔腾不息，前仆后继地涌向波澜壮阔的扬子江。

小傅的心里突然一阵伤感。朗朗夜空，让人不由自主地想起了很多过往的人和事。曾经的经历如万花筒一般在他眼前闪现，给这迷人的夜晚平添了一抹浪漫的色彩。他想起了王秀才给他讲的圣人传说，无一不散发着奇幻的色彩；他想起了傅大婶给他讲的狐仙和妖怪的故事，他们可以随心所欲地变换身形；还有那些说书艺人总是把才子佳人或者英雄豪杰的故事说得活灵活现。他所在的城市是一座历史悠久且充满传奇色彩的地方，而他作为一个年轻人，居然除了两三次刺激的冒险经历之外，就再也没有碰到过什么有趣的事情了。他就像一个待在深闺里的姑娘一样，每天重复着机械乏味的工作，日子过得一点意思都没有，一想到这里，小傅心里就大为不快。他想找些有趣的东西，但是眼下什么也没有。一想到明天上工以后有一大堆的铜器等着他去焊接，他就郁闷地直叹气，懒洋洋地从城墙上爬了下来，准备回家。

小傅一边胡思乱想，一边没精打采地迈着步子，丝毫没注意自己走到了哪里。就这样大概走了一刻钟的时间，小傅突然从沉思中惊醒，发现自己来到了一个完全陌生的地方。他停下脚步，四处张望，发现周围的一切都很陌生。没办法，他只好折回头，看能不能找到来时的路。走着走着，他来到了一个黑漆漆的十字路口，他很坚定地往右边的巷子拐去。没走几步，就听见一个粗哑的声音在黑暗中响起："谁啊？"

小傅惊讶地转过身，看见左边的地面上，四个男人席地而坐，手里都抓了一把牌。借着闪闪烁烁的煤油灯，小傅看清楚了，这四个人正坐在一家草席铺子前，铺子门口还挂着几串草鞋，是供人们在泥泞湿滑的地上行走用的。四双眼睛齐刷刷地瞅着小傅，小傅便告诉他们自己迷了路，不过已经知道怎么走了。

"你住哪儿？"

"椅匠路。"

几个人迅速交换了一下眼色，其中一个很友好地说道："那地方离这里还挺远的，要走很久呢！"

"坐一会吧！"其中一个建议道，"看看我们是怎么玩的。"

小傅顿时受宠若惊。在深夜里看人打牌，这不正是一件很有趣的事情嘛！他一直特别迷恋打牌，只是平时很少有机会看人玩牌。曾经有几次，他站在人堆里看过别人打牌，只一小会儿，他就觉得这游戏特别有意思，看得他不可自拔。但是，傅大婶一向痛恨赌博，每每提到或是看到，都是激烈地反对；唐老板就更不用说了，只要发现哪个伙计一连几个早晨垂着红肿的眼睛，没精打采地来上工，一定立马让他卷铺盖走人。每到这个时候，唐老板都会引用一句话："这就叫'骑虎难下'，染上了这个恶习，可不是说戒就能戒掉的！"这些看似不起眼的小竹片和骨头骰子有一种邪恶的魔力，但是小傅心里总是觉得一些人之所以会深陷其中、欲罢不能，纯粹是因为他们不够聪明。他今晚只是坐在这儿看别人打牌，没什么大不了的。

玩牌的几个人很快就对小傅不理不睬了，完全沉浸在游戏里，彼此也很少交谈。掷骰子和搓牌的哗哗声在寂静无人的街道上回响，不断打破这死一般的宁静。小傅忍不住往前倾了倾身子，好看清楚他们是怎么出牌、和牌的。他越来越激动，呼吸也越来越

第十一章 骑虎难下

急促。其中一个人一点脑子也没有,每张牌都错得很离谱。小傅看得心里直犯堵,巴不得马上给他指出错误来。

不知不觉,几个小时过去了,小傅浑然不知,但是现在不等他们打完,小傅是不会轻易离开的。突然,那个牌打得很烂的人一把掷掉手中的牌,骂骂咧咧地抱怨自己运气太差,抬脚就要走人。他的同伴们假装惊慌失措,纷纷站起来上前拉,账还没结,怎么能说走就走呢!百般无奈之下,他们你看看我,我看看你,最后,其中一个人把目光投向了小傅,顿时满脸堆笑。小傅见状,心怦怦直跳。他屏住呼吸,只听那人说出了自己期待已久的话。"小家伙,要不你来替玩一把?"小傅一听,迫不及待地上前抓牌,顶了走掉的那个人的缺。

只一会儿工夫,牌就打完了。其间,这帮人对小傅的牌技大加吹捧,听得小傅云里雾里,整个人都浮在空中。这时,一个人在旁边算账,另一个则拉长了脸告诉小傅一共输了三个大洋外加五十个铜板。小傅一听,顿时吓得张口结舌。他不但要还自己输掉的钱,还得替刚才走掉的人还钱。一股怨气从他胸中升起,他摇头拒绝道:"我不给!"

那些人的脸色立马变了,恶狠狠地说道:"你小子打昨天才从娘胎里出来么?不知道愿赌服输么?"

"我没钱!再说了,那个人欠下来的债凭什么要我来还?"

"你顶了他的缺儿,而且这局牌是由你打完的,你就得还清所有的钱,这是规矩!"

小傅也不甘示弱。"我说了,我没钱!我只是个小学徒,如果你们告诉我这里多少钱是我自己输掉的,我可以尽量还上。但是别人输掉的钱,我一个铜板都不会给的!"

听了这话,那些人厉声笑了起来。其中一个凑上前,把脑袋

扬子江上游的小傅

第十一章 骑虎难下

直逼到小傅的脸上,说道:"你骗不了我们的!要不是看到你腰包里鼓鼓的,你以为我们哥几个会把时间耗在你身上?赶紧把钱拿出来!马上!"说着就伸手去扯小傅的腰包,很快,傅大婶留给小傅的两块大洋就落入了那人的手中。

小傅挣扎着想上前把钱抢回来,那几个人却冲着小傅厉声吼了起来:"哎呀!这小兔崽子还敢说自己没钱!就是想赖账!小骗子!小毛贼!"说罢,作势要向他扑过来。小傅只得拔腿就跑,身后那些人还恶狠狠地警告他不要再出现在这里。小傅拐个弯朝家的方向奔去。

终于回到了椅匠路,小傅打开家门溜了进去,一头扎在床上。此刻已是黎明时分,金黄色的阳光已经抛洒在大地上,仿佛在预示着今天会和昨天一样炎热,可小傅顾不了这些了。几个小时之前,他还在为天气不好、生活缺乏激情这些琐事而牢骚满腹。可现在,他算是倒了大霉了!他的胸口仿佛燃着一块木炭,整个心脏被灼得生疼!那些混蛋居然叫他"小兔崽子"!他还真是个小兔崽子,母亲一走,他就惹了这么大的麻烦。他还真是个傻瓜!不,他连傻瓜都不如,他简直就是一个贼!傅大婶完全是出于信任才给了他那么多钱,谁知道他竟然糊里糊涂地把钱输光了。

他就这么难过地自责着,慢慢地,沉重的眼皮垂了下来,直到邻居开始弄早饭把他吵醒了,他勉勉强强睁开眼,急急忙忙下了床,直奔铜匠铺。

小傅一整天都失魂落魄的,仿佛中了邪一样。唐老板一天下来呵斥了他两次,提醒他干活的时候专心点儿。小傅身心俱疲,但是又害怕回家,害怕面对傅大婶。他可以忍受母亲的责骂,但是忍受不了母亲对他失去信任。他费了好大的劲才让母亲相信自己是一个有能力有头脑的人,结果一个晚上就把之前所有的努力都告吹了。傅大婶平时就痛恨赌博，从这以后，肯定会一直提心吊胆，防着小傅再沾染这种恶习。不过，傅大婶实在不用再担心了，因为有了这次教训，小傅再也不敢去碰了。

让小傅稍感安慰的是，傅大婶今晚没有回来。他好歹还能再躲一个晚上。小傅在屋子里找了些水果出来，狼吞虎咽地吃了下去，忐忑不安地上床睡觉了。

心神不宁的日子又过了两天。一天中午，一个挑夫到铜匠铺找到了小傅，给他捎来了傅大婶的口信。傅大婶说，山上农活忙得紧，她还得留下来照顾病人，估计还要在山上住上两个星期。傅大婶让他晚上多去找王秀才做做伴，并嘱咐他不要乱花钱。

小傅多日以来紧绷的弦终于松了一下。只要傅大婶暂时不回来，他就可以不去管那两块大洋了。可是，一想到明天还要付戴老板房租和运水工的运费，小傅顿时又感到百爪挠心。和这个比起来，自己没饭吃，被唐老板训斥几句，都成了不值一提的小事了。

第二天，戴老板和运水工准时来要钱了。运水工人听小傅说要迟些日子给钱倒也没说什么，但是戴老板就没那么好对付了。戴老板一再表示，要是小傅他们付不起房租就干脆别租，重庆市里想租这房子的人多着呢！"我这房子住得舒服，地理位置又好，我当时脑子进水了才会以这么便宜的价格租给你们！没想到你们非但没有对我感恩戴德，还想着法子拖欠房租，我真是亏大了！"戴老板最后愤懑地抱怨道。

"您再宽限几日吧！"小傅保证道，"几日后，一定把房租给您交上。"

保证的话说了，但是钱从哪里来呢？小傅一筹莫展，除非等傅大婶回来再拿些钱出来付房租，他自己真是一点办法也想不到

第十一章 骑虎难下

了。但是，要想母亲拿钱出来，就必须把事情的来龙去脉都告诉她，可这样一来——小傅脑子里反反复复地琢磨着这个没有答案的问题。这些天，天气很热，小傅却没有水喝，他已经跟运水工说了，让他这段时间别再给他送水了，太贵了，他根本喝不起。没了水，他既不能泡碗茶解解暑，也不能清洗一下他那脏兮兮的、散发着汗臭味的身体。戴老板恶狠狠地警告以及生活上的各种不适，都让小傅日渐消瘦起来。每天他都在铺子里机械地干着手中的活。

一天中午，唐老板把小傅叫到一个没人的角落。"你这几天干活总是心不在焉的。"唐老板问道，"一副病恹恹的样子，用起水来也相当厉害，好像咱们屋后挖了一口井，用水不要钱似的。告诉我到底发生了什么事情？"

小傅挤出一丝病态的微笑，说道："没什么！就是天热——"

唐老板不想听他胡说，立马打断了他："你这么年轻力壮的，怎么会怕热？只有老人和孩子在这个天气才会吃不消，你就别找这个借口了！"说到这里，唐老板好像突然想起来了什么，"你母亲走的时候给你留生活费了么？"他问道，"要是没有，我可以借你一点。"

钱！唐老板竟然主动提出借钱给他，他现在只要撒个谎，就能解决眼前的所有麻烦。撒谎是件很容易的事情嘛！他以前就撒过很多次！但他记不起哪一次撒谎帮了他的忙，相反，每次撒谎都把问题弄得更加复杂、更加棘手，现在的麻烦已经够多了，他可不想再招惹不必要的麻烦了。不行，还是什么都不要说最安全，他要自己想办法解决。想到这里，小傅硬着头皮说道："我母亲已经给我留钱了，我不缺钱！"

唐老板听了，极为不悦。他盯着小傅的脸，仔细地观察着。

眼前这个男孩子低垂着双眼,紧闭着嘴巴,一副失魂落魄的样子。肯定是出了什么事!小傅不安地扭动着身体,真想立马从唐老板眼前消失。他简直受不了唐老板这种审视的目光。突然,又一个念头蹦了出来,要是戴老板跑到铺子里来催房租怎么办?他被这个念头攫住了,只觉得后脑勺冷风嗖嗖。

　　唐老板换了一种语气,温和地说道:"我看得出来,你一定是碰到什么困难了,为什么不告诉我呢?我是你的朋友啊!"

　　小傅实在扛不住了,唐老板的同情和善意让他无法再掩饰下去。开始说的时候,小傅还有些踌躇,后来就把所有的事情一股脑儿全倒了出来。唐老板很快了解了事情的缘由。

　　最后,唐老板从腰包里掏出了一些钱,说道:"把这些钱拿去,先把债还了!要是你母亲过了两个星期还没回来,我再借一些给你。等你做了正式的工匠,可以额外加些班,来还我的钱。"唐老板点上了烟斗,抽了两口,接着说道:"不过,我还是要提醒你几句。如果你以后再去干赌博这种事,没准儿会丢掉铺子里的工作。不过,我相信你不会再犯这样的糊涂了。你母亲也会时刻提醒你。"唐老板拿起水烟袋又吸了起来,烟袋里的水发出咕噜咕噜的声音。

　　小傅低着头,小声地感谢唐老板的出手相助,然后进屋继续干活了。自傅大婶走后,他的心情还没有这么轻松过。唐老板是一个好老板,这件事应该不会再被提起。在傅大婶回来之前,他还要再向唐老板借些钱,好把两个大洋的缺儿给补上。这样他就不用再跟母亲要钱,神不知鬼不觉地把这件事糊弄过去。不对!小傅又皱起了眉头,唐老板刚说了希望傅大婶知道这件事,好在以后督促小傅别干傻事。小傅咬咬牙,真是倒霉啊!唐老板借钱给他,自己日后必定会如数归还,对唐老板千恩万谢,但是要不

第十一章 骑虎难下

要告诉傅大婶，这是他自己的事情啊，应该由他自己来决定。

几天过去了，小傅的生活又回到了正常的轨道。傅大婶又捎来口信，说自己很快就要回来了。可是，小傅一点儿也高兴不起来。一想到很快就要向傅大婶坦白一切，他顿时觉得头疼欲裂。每次想到这里，就很生自己的气。他已经十六岁了——算是个大人了，这种丢脸的事情应该一人做事一人当。再说了，和傅大婶说了也于事无补，只会增加她的烦恼，让她替自己的前途担忧。无论如何，他都觉得保持沉默是最好的对策。

一天晚上下了工，小傅惊讶地发现自家大门微微张开了一条缝，傅大婶已经回家了。她看到小傅，迫不及待地迎了上去，"你样子都变了，"她焦急地说道，"你还好吧？"

小傅再三向傅大婶保证自己过得很好，她才放下心来，开始和小傅聊起了山上的日子。她说她弟媳的病已经好得差不多了，地里的庄稼收成也不错，山里的空气很清新。傅大婶把从山上带下来的吃的东西放在桌子上，小傅坐在对面，伸手拿了东西就往嘴巴里塞。

"你的胃口还是这么好！"

小傅心不在焉地点点头，晚上下工回来还能吃点额外的美食来填填肚子，自然是值得高兴的事啦！母子俩一边吃，一边聊了起来。傅大婶自打从山上回来，人也变得和善了，就连说话也不似之前那么尖酸刻薄了，语气非常愉悦。"在山上的时候，我常和他们说起你，他们都问你有没有像上次买洋表一样欠别人钱，我说你没那么蠢，吃一堑长一智嘛！我还告诉他们，你干活很卖力，唐师傅很器重你。你已经取代你父亲的位置，成了家里的顶梁柱啦！我问他们，有几个寡妇能像我这样，放心地把儿子一个人留在重庆这么长时间？对了，我给你的两块大洋，"傅大婶猛地问道,"你还剩多少啊?"

小傅整颗心都揪了起来,他一直在等着母亲问这个问题,也提前把说辞都想好了。他准备告诉母亲钱已经存在唐老板那里,非常安全。可是,母亲刚才那番赞美让小傅很是感动,心里翻江倒海,斗争得更加厉害了。他挣扎了一会儿,终于决定把一切都说出来,不管会丢多大的脸,不管母亲会怎么看他,他也一定要说出来。

在讲述那件赌博的经历时,小傅没有为自己找任何借口。"我就是个笨蛋!我知道您再也不会相信我了,您怎么骂我都行!但是有一点,您不必再担心——我再也不会赌博了!钱,唐老板已经借给我了,我以后会多做些工把钱还上。我知道您一定对我失望透顶,我真觉得很对不起您……"小傅难过得说不出话了,低着头等待暴风雨的降临。

沉默了好一会儿,傅大婶才开口,"既然唐老板已经帮你还了债,你也没必要再告诉我了,"傅大婶轻轻地问道,"为什么还要说呢?"

"我也不知道,只是觉得必须要这么做。"小傅用手抠着桌面上一处凹凸不平的地方。最后,他抬起头来望着母亲,却发现母亲早已泪流满面。傅大婶抬起袖子拭去了眼泪,久久地凝视着儿子的脸,小傅没有躲闪,也回望着她,眼神坚毅。

好一会儿,傅大婶开口说道:"今晚你真像个男子汉!"

小傅简直不敢相信自己的耳朵,没想到自己把这么糟糕的事情告诉母亲,母亲竟然会是这种反应。难道,母亲没听明白小傅的意思?小傅这么想着,脸上也流露出担忧的表情。

傅大婶很快就打消了小傅的顾虑。她站了起来,开始清理桌子,把一些剩菜丢到戴老板家的猪圈里喂猪。发现手里拿着的碗

第十一章 骑虎难下

上破了一个新口子,便责备起小傅的粗枝大叶:"你这双手啊,除了握砸不碎的铜器,什么也握不住!"

几个星期以来,小傅第一次开心地笑了。母亲也舒展了眉头,笑道:"你真是个开心果!总能让我开开心心的。我看你以后一定要送个铜碗给我才好!"她故作一本正经的样子。

小傅又笑了起来,"我送您十个!"他保证道,"十个最好的瓷碗。"小傅站了起来,伸了伸懒腰,整个人都感到轻松了很多。再没什么说不出口的事情了!明天早上,他也不用再向唐老板借钱了。

第二天一进店铺,小傅就跟唐老板说:"我母亲回来了!"

唐老板半张着嘴巴,看了小傅一眼。"你是不是想要我再借你一些钱,把你母亲给糊弄过去?"

小傅骄傲地昂起头:"谢谢您!不需要了!我已经把事情一五一十地告诉了我母亲。"

唐老板盯着小傅看了好一会儿,但是眼睛里却闪过一丝不易察觉的变化。"哦!这么说你不担心丢脸了?"

"怕啊!"小傅不自在地扭动着身子。

略停了一会儿,唐老板接着说道:"良药苦口利于病,忠言逆耳利于行啊!"

说完,起身朝铺子里走去。小傅知道自己的做法得到了唐老板的认可,便带着满心的欢喜,投入了新的工作。

第十二章
日久见人心

自那个秋日的清晨，傅家母子第一次踏进唐老板的店铺，已经过去整整三年了。今天，是小傅学徒期满的日子。起床之后，傅大婶走到灶台前，抽出一块松动的砖头，从里面掏出了几张五百文的票子，这些都是她平日里辛辛苦苦积攒下来的。

　　"把这些钱拿上，"傅大婶说，"我们没钱请师父们吃酒席，你就用这些钱买些甜点，吃午饭的时候给他们端上去。"

　　小傅把钱小心翼翼地塞进裤腰带里，迅速地赶到了店铺。但是，让他意外的是，店里除了他自己，似乎没人知道今天是什么日子。整个早晨小傅几乎是"熬"过去的，唐老板和工匠们对小傅从学徒转为正式工的事情只字未提。眼看着快中午了，再不出去买甜点就来不及了。小傅急得团团转，该不会是唐老板觉得他做学徒期间表现太差，不准备给他转正了吧？想到这里，小傅心里一阵发毛，忍不住打起冷战来。他焦虑地看着唐老板，注视着他的一举一动，想要从中分析出个所以然来。最后，唐老板强忍着笑意，朝小傅走了过来。

　　"你今天看起来很急躁的样子，是不是又出什么事啦？"

　　小傅实在是憋不住了。"今天——"他刚想和唐老板挑明，又突然不知道该说什么了。

　　唐老板耐心地等待着小傅说下去。"今天？"他故作疑惑地重复着小傅的话，"今天怎么了？"

　　"今天——我想——"

　　"哦，我知道了！你是想提醒我，今天温大人会在申时之前来店里取货吧？或者，你是想问问衙门委托我们做的那批货怎么样了？放心吧，傍晚之前，我们就会把所有的货都发出去。你这个孩子做学徒就是有一个优点——记性好！要不是因为你这么好的记性——"唐老板实在是装不下去了，突然爆发出一阵大笑。"老祖！"唐老板喊了一声，店铺里敲敲打打的声音立刻停了下来，"今天我们这里有个小学徒觉得自己有能力了，可以接替你的位置了，你看这事我们怎么解决啊？"

老祖师傅眨了眨眼，"把位子让给他，当然没问题啦！只要铺子里的生意好，我做点牺牲无所谓啊！您的意思是不是要我马上和这小伙子交接一下工作啊？"

陆师傅也插了进来："你们怎么也不等我把衙门的这批货做好了，再告诉我这个噩耗啊？一想到要手把手地把一个新学徒培养成一个工匠，顿时觉得眼前一片漆黑，双手直哆嗦呢！"

小傅傻呵呵地站在原地，任由工匠们拿他打趣逗乐，其实心里开心极了，知道唐老板并没有忘记这个重要的日子。他瞅着一个空子，对唐老板耳语道："马上就要吃午饭了，我可以抽空去街上跑一趟么？"

得到允许后，小傅赶忙跑到最近的一家食品铺子，一番精挑细选后，把打包好的食物拎回了店铺。他嘱咐学徒把食物摆在盘子上，吃午饭的时候一并端上去。桌子一摆好，四下里就响起了一片惊叹声。老祖师傅斜眼看着唐老板，说道："是不是新政府把它收取的贿赂也分了你一份，我们跟着沾了光啊？"

"哪儿的话！恐怕是陆师傅发了一笔横财，所以特地请我们吃饭吧！"

大家炸开了锅，装模作样地猜测是谁慷慨解囊为大家添菜。就在大家嘻嘻笑笑的时候，小傅站了起来，说道："鄙人学徒期满，特意和家母一起为大家准备了一些点心，请诸位笑纳，礼物太轻,不成敬意。"说毕,给在座的每一位都鞠了一躬,坐下后又细心地往每一个人碗里夹菜。

快下工的时候,唐老板叫住了小傅:"从明天起你就是这里的正式学徒了,你的薪水是每个月三块大洋,店铺包午饭,其他两顿自己解决。"

小傅惊讶极了。他原想一个月能拿到两块大洋就已经很不错了,或者比两块大洋再稍微多一点点。虽说,行会里有规矩,新工匠的薪水有一个上下浮动的区间,但是唐老板给小傅的薪水算是新员工里最高的了。

"有好几次,"唐老板说:"你都帮了我大忙,你所做的远远超出了一个学徒能够做到的。我一直铭记在心!从明天起,你要凭自己的真本事去赚每一分钱。"

小傅想要表达自己的感激之情,但是唐老板听都不想听,马上把话题岔开了。"从今以后,你要多花时间在焊接和设计上面,要时刻以一个优秀工匠的标准来要求自己。成为一个出色的工匠是一件光荣的事情。"

临走时,小傅向唐老板提出了一个请求。"有一件工作我想主动去做,我一直有观察银匠和珠宝商摆放货物的方式,我想我们店铺里的铜器也可以重新摆设一下,兴许可以招来更多的生意。"

"没问题,你可以在店铺里尽情施展自己的才华!不过,这样一来,原先负责摆放铜器的账房可省事多了,他估计会很高兴留你在铺子里。"

小傅咧着嘴笑了。"要是他知道是我自己想做摆放铜器的活儿,应该不会不高兴吧?没关系,即使不高兴,我也有办法让他同意。上次姓魏的和他的同伙被士兵带走后,账房就叫我和他一起摆放铜器,当时我就发现他对摆放铜器没多大的兴趣。"账房的懒在店铺里众所周知的。

"你可以尝试着摆摆看，不过，要是我铺子里的铜器卖不出去，就要拿你是问了。"

第二天，小傅一闲下来，就慢慢踱到货架前。他皱着眉，装出一副苦相。"唐老板说这架子太脏了，得重新清理一下，货物也得重新摆放整齐，让我来给你搭把手。"小傅闷闷不乐地抱怨道。

账房满腹狐疑地抬起头看着小傅，直到小傅抓起一块脏兮兮的抹布开始干活了，他才心满意足。"哎呀！第一天做工匠就做这种脏活儿啊，这倒是个好的开头！我还以为唐老板多喜欢你呢——"账房停顿了一会儿，想要找出小傅失宠的原因。当看到小傅一副愁眉不展的样子时，便继续说道："我也是该有个帮手了，新来的学徒只有在忙不过来时才出来帮忙，其他时间都忙着看炉子。自从小邓走了，我可是一个人干两个人的活儿。"

小傅专注于摆放铜器，没注意去听账房的抱怨。架了上的摆设很不高明，一些异常精美的小铜器被大铜器挡在后面，遮得严严实实的。

"唐老板什么时候招新学徒来接替你的位置啊？"账房试探道。

小傅坦白地告诉账房，自己对此一无所知。他的一双手正忙着把架子上的货物移来移去，这只盘子应该放在那个细颈花瓶后面做背景，那个漂亮大气的火盆应该单独摆设才好——他迫不及待地想要看看自己的摆设能够营造出怎样的艺术氛围。可同时，他又不得不隐藏起自己的真实意图，只有这样才能不被账房打扰，随心所欲地做这件令人兴奋的事情。

没过多久，小邓就走进了店铺。小傅见了他，立刻放下手头的活儿，回到了砧板间，心想一天花这么多时间摆放铜器也够了。

第十二章 日久见人心

小邓离开铺子已经有好几个月了，但是他的出现还是让大家觉得很压抑。这家伙似乎总有一大堆的借口跑过来跟账房聊天，小傅很奇怪小邓怎么会这么清闲，估计是吴老板的生意做得不怎么样，他的手下才会有大把的时间出门晃荡。

几个星期以后，小傅举起他一直在做的罐子，四处寻找抛光用的油脂。找着之后，便坐下来开始打磨罐子的表面，好让罐子看起来更加有光泽。他用手掌不停地摩擦罐子的表面，手掌变得越来越烫，罐子表面也变得闪闪发光起来。看着这个罐子，小傅心里自豪极了。这个罐子完全由他一手打造，每个细节都经过了非常细腻的处理，无论是造型、设计，还是焊接、切割，都是他一手操办，他在这个罐子上倾注了所有的心血和劳动。每每把玩，小傅都会涌起一股前所未有的成就感。他把罐子高高举起，举至与自己额头齐平的地方，做了一个膜拜的姿势，不过很快就放了下来。

老祖师傅瞅见小傅这副傻样，故意放声喊道："了不得！咱们店要发大财了，竟然有一件明代墓穴里出土的古董。怎么之前没人告诉我一声呢？这铜罐可是件稀有的艺术品，绝对错不了！"

工匠们抬起头来，面面相觑，小傅知道自己刚才的傻样被老祖师傅看见了，不由得哈哈大笑起来。"我已经鉴定过了，"小傅马上接了下去，"这件铜器更像是汉代的宝物，到现在还能保存这么完好，这是难得啊！"

"在东西没有卖出去之前，天底下没有哪个工匠不觉得自己是个天才！"唐老板在一旁挖苦道。

小邓恰好在这个时候走进了铺子，听到了大家的只言片语。他懒洋洋地走到柜台前，撅着个嘴巴，道："莫非，那个博学多才的小学生觉得自己已经是个了不起的手艺人了？再过几个月，他就能盘下一幢洋房来开店啦！"

"这可说不准！"小傅也故意拿着腔，"谁知道呢？说不定那些手艺比你好的人还会来我的铺子里买东西呢！"他一向不介意同事们拿他打趣逗乐，但是小邓这家伙就不行了，他总是笑里藏刀，不怀好意。

小邓做了一个夸张的手势，说："从乡下来的傻瓜个个都觉得，只要有黄土和黄铜屑，就能做出金子。"

"那城里的傻瓜呢，个个游手好闲，四处晃荡，只想着不劳而获。"

"你这该死的乡巴佬，是在说我么？"小邓大怒，呵斥道。

"你说是，就是吧！"

就在两个人剑拔弩张的时候，陆师傅大喝一声："是不是这里的人都忘了，这批货天黑之前要送出去？"

小邓不说话了，夺门而出。小傅呢，气鼓鼓地继续擦拭他手里的罐子。有好几次，他都觉得自己快被小邓给气炸了。打他们第一次见面，就没有像朋友一样相处过。不过，一想到小邓总是人见人嫌，就连最不爱与人起争执的小李也觉得小邓很难相处，小傅的心里稍微好受了一点。他对小邓的感情不仅仅是厌恶那么简单。只要一和小邓接触，小傅就会被排山倒海的愤怒所淹没，事后又总会有一种被打击和伤害的感觉。

今天的事情就是个例子。直到晚上下了工，小傅走在椅匠路上，还是没有完全从白天与小邓的争吵中抽离出来。在王秀才的屋里，他依旧心不在焉，一连写错了好几个字。王秀才不高兴了，责骂道："你今天是怎么了？跟困兽一样坐立不安，还学什么啊？"

小傅放下笔，默默地翻着眼前的书本。终于还是忍不住了，把满肚子对小邓的不满和愤懑一股脑儿全倒了出来。

　　王秀才沉思了一会儿，道："俗话说得好，'人非圣贤，孰能无过'？而那些品性高贵的人却可以做到不去计较别人的错误和缺点。"

　　听了先生的指责，小傅不由得红了脸。"除了我，唐老板和其他人也都不喜欢他。"他为自己辩解道。

　　"但是他们的气度远在你之上，不会为了一丁点儿小事就暴跳如雷。你自己也说了，整个铺子里，只有你们两个互相攻击得最厉害。"

　　接下来的几天，小邓还会时不时地出现在铺子里，但是远没有之前那么频繁了。不过，小傅也没多想，他还有更重要的事情要做，没工夫去研究这背后隐藏的秘密。不知道什么时候，一股压抑的气氛把铺子里的所有人都攫住了。唐老板经常眉头深锁，在铺子里走来走去；老祖师傅那双犀利的眼睛不停地东张西望，仿佛在寻找着什么；就连高个子的陆师傅，在货架前转悠的时间也多了起来。

　　一天下午，小傅正在把几件新样品往货架上摆，突然觉得背后有人在盯着他，扭头一看，是陆师傅，正用一种奇怪的眼神打量着他。"怎么了？"小傅想都没想，就脱口而出。

　　陆师傅缄默着不置一词，好像没听见小傅的问话一样。他就这样一动不动地站了一会儿，随后便离开了房间。小傅费了好大的劲才把自己从郁闷中解脱出来。

　　第二天，小李趁和小傅单独在一起时，对小傅耳语道："我知道铺子里出什么事了。今早我到铺子的时候，唐老板和老祖师傅正聊得起劲，没注意到我已经到了，我开始也没去注意听他们在聊些什么。忽然，我听到他们说什么'手脚不干净'之类的话，

扬子江上游的小傅

才留心听了一下。货架上有东西被偷了,而且是一下被偷了两件!这还只是我听到的数量。五天前,唐老板是想把那两件东西卖给一个客户的,结果和账房找了老半天都没找到。这事儿,唐老板只告诉了老祖师傅和陆师傅,其他人都不知道。老祖师傅和陆师傅都一口咬定自己半个月前还看到过那两件铜器。我通过他们的只言片语分析了一下,也觉很蹊跷!如果是土匪闯进了铺子,铺子肯定会被洗劫一空,不可能只丢了两件铜器啊!如果不是土匪,那我们自己人谁又会去干这种事呢?新学徒虽然吃住都在铺子里,但若没有师傅们的指示,他们根本没机会去碰架子上的东西啊!而其他人都在铺子里干好多年了,按理说是不会做出这种事情来的。"小李抓抓脑袋,一脸困惑,随后便回到了砧板间。

小傅一阵眩晕,小李刚才的那番话固然是无心的,他这人一向心直口快,有什么说什么,他根本不会去怀疑,或者迅速地发现这件事情中,小傅所处的不利地位。铺子里总共有四个人知道铜器失窃的事情,但他们不会像小李这样简单地思考问题。至少他们中有一个人知道,是小傅自己主动要求重新摆放货架上的铜器,结果没过多久,铜器就失窃了。即便唐老板不把这件事说出来,其他两个人也一定会把铜器失窃和小傅突然接管整理货架的工作联系在一起。至于账房自己,肯定会不遗余力地把责任往小傅身上推。而现在,摆在小傅眼前的事实是:铜器失窃已经整整五天了,却没有一个人跟他提起这件事,很明显,大家都在回避他,觉得他的嫌疑最大。

接下来的一整天,小傅都被这个念头搅得心神不宁。账房和自己素来不和,但是老祖师傅和陆师傅却一直对他很友好。至于唐老板——想到唐老板,小傅心里一阵难过——很多时候,他和唐老板之间莫名其妙地很有默契,能够亲密无间地合作。从身边的一层层关系来看,唐老板无疑是他生命中最重要的一个人,傅大婶当然也是最重要的,但她毕竟是个妇道人家。王秀才他一直打心眼里佩服和尊重。对小李,总能产生一种呵护和关爱的感情,虽然自己没有小李年纪大,但是在很多方面,都比他要成熟得多。在小傅内心深处,对唐老板一直有一种最深沉最温暖的情感,这种感情是他在面对其他任何人时都没有的。要是唐老板能够直接走到他面前,告诉他铺子里丢了东西,那该多好啊!

晚上,小傅和小李一起回家,小傅一路上沉默不语,小李则一直滔滔不绝地谈论着铜器失窃的事情。"没准儿还真是土匪干的呢!现在,土匪的势力日渐壮大,人数也日渐增多。大家都说,这几年土匪猖獗得太厉害了,在四川历史上实属罕见。就连那些平日里遵纪守法老老实实过日子的公民也要靠土匪从军队那里抢过来的粮食和物品过日子了。时间一久,他们自己干脆也加入了土匪的队伍。要命的是,这些人不守规矩,都跑到城里来抢劫了。自从城门被拆毁,修起了公路,重庆市成日里门户大开,大家想进就进,想出就出。这么一来,城里的大街小巷都成了他们活动的范围。"

小傅把自己从那些不快的思绪中拽了出来,有点不耐烦地说道:"小李,莫非你真以为会有一大群土匪不嫌麻烦地闯进铺子,就为了偷两件铜器?"

"当然不是了!我可没那么傻!我只是想说,如今世道这么乱,大家都很自私自利。"

"是吧!"

两个人在十字路口分手了,小傅一边走一边琢磨着这件事。其实,小傅心里巴不得事情就像小李说的那样,是土匪干的好事,可是理性地分析一下,这种可能性几乎没有!唐老板和其他人也

第十二章 日久见人心

断然不会把这事儿和土匪联系到一起，小偷肯定就在自家的铺子里！铺子一直有人在看着，即便哪个顾客心怀不轨想要顺手牵羊，也不是那么容易的事情。唐老板会不会认为，小傅当初主动提出整理货架，就是为了顺手牵羊呢？小傅的脑袋嗡嗡作响，被这个念头搅得头晕目眩。天啊！被人当成一个贼！这是怎样的羞耻啊！他之前确实因为糊涂犯过很多傻事，也因此而饱受煎熬，但是这次不一样！他是清白的，他的双手干干净净的，绝对没有干出什么偷鸡摸狗的事情来！可是眼下，除非找出真正的小偷，否则他永远证明不了自己的清白。

日子一天天过去了，铺子里的紧张气氛丝毫没有得到缓解。每个人都感受到有一股无形的压力在暗流涌动。吃午饭的时候，大家漫不经心地聊着天，老祖师傅平日里的那些妙语连珠也没了踪影。唐老板总是一言不发，坐在那儿沉思。小傅成天疑神疑鬼，对每句话、每个投向他的眼神都要揣测好久。他总觉得陆师傅在拿话挖苦他，账房也在含沙射影地攻击他。有一次，他无意中听到老祖师傅问陆师傅："你觉得会是小李么？"

陆师傅显然认为老祖师傅的这个想法愚蠢之极："你怎么会有这种想法？那小子，你就是借他十个胆，他也不敢！"

两位师傅走开的时候，小傅郁闷地自我解嘲道：至少两位师傅不会用这种话来"称赞"他吧！由于心情沮丧，小傅每天都睡不好觉，整个人也越来越憔悴。傅大婶和王秀才见他日渐消瘦，都问他发生了什么事情。他总是不耐烦地说自己没事，三言两语安慰他们一下。哎！要是唐老板能百分之百地信任他，主动跟他提起店铺失窃的事情那该多好啊！

没想到，最后不是唐老板，而是小傅自己打破了这个僵局。一天晚上，店铺不是太忙，小傅便提前回家了。心不在焉的小傅不知不觉就走到了另一条街，忽然，他的目光落在了一间铺子橱窗后的一堆铜器上，抬头一看，这正是吴老板的店铺。虽然小傅曾无数次经过吴老板的铺子，却一直是以一种不屑一顾的眼神扫过去，没有仔细观察过里面的铜器。一个人正弓着背，猫在柜台上写写算算。天色有点暗，他看不清那个人的脸。大概是小邓吧！今天他不想和小邓斗嘴，他的脑子里已经是一团浆糊了。他当下决定，在小邓没有抬起眼皮之前，自己赶紧离开。

小傅抬腿正要走，忽然瞄见门柱附近有一个架子，架子中间摆放着一个花瓶。小傅越看越眼熟，总觉得在哪里见过。对了！好像是在唐老板的铺子里！他记得这只花瓶之前紧挨着一只红色的茶壶。他应该没有记错吧？好像几天前，他还把一个铜罐放在茶壶旁边呢，但他当时没有看到这个花瓶。那花瓶去哪儿了呢？眼前的这只花瓶不可能是吴老板做的，吴老板绝对没有这样的手艺，这是毋庸置疑的！想到这里，小傅像触电一样，转身撒腿就跑。

跑出几米后，他放慢了脚步。他现在已经是一名工匠了，言行举止要像个工匠的样子，不能再这么毛毛躁躁了。他朝着铺子的方向走去，边走边琢磨：为什么唐老板的花瓶会出现在吴老板的铺子里？事实的真相似乎就在眼前了，小傅激动得浑身发抖。现在，只要他回去跟唐老板确认一下，那个花瓶有没有卖出，真相就会水落石出了！

小傅跑回店里时，小李正准备离开。"咦！你怎么这个点又跑过来，还没到第二天上工的时间呢！"

小傅使劲儿握了握小李的手，没有作答，径自向货架走去。小李在屋外大声向他道别："明天见啦！"说完，离开了铺子。

小傅在货架上不停地翻找。铜壶和红色茶壶还放在原先的位置，散发着淡淡的光晕。小傅着急地寻找着花瓶，却四处找寻不见。一定是被卖掉了！可是，吴老板的铺子里怎么会有一只一模一样的花瓶呢？小傅百思不得其解，一转身却看见唐老板和账房两个人不知道什么时候已经站在了他的身后。账房一脸的坏笑，唐老板则冷冰冰地问道："你在干什么？为什么这个点还跑回铺子？"

小傅愣在那里，唐老板的语气比他说出的话更加让小傅惶恐，"我想——我想找一只——"他陡然打住，因为他看见唐老板在对他使眼色，示意他不要再说下去了。

账房插了进来："这可是您亲眼看见的啊，早跟您说过，他是个贼！"

唐老板对账房说的话不置可否，"我会处理这件事的！"他严肃地对小傅说道："你跟我来！"

小傅有点头晕目眩了，跟着唐老板来到了炉子间，唐老板把他拉到一个隐蔽的角落，立马换了一个表情，压低声音对他说道："你到底在找什么？"

小傅把刚才的事情一五一十地说了出来。"那个花瓶卖了么？"小傅问道。

"可能是卖了！不过你得答应我，没有经过我的允许，不准把这件事透露给任何人！现在，赶快回家吧！"

小傅依言行事，穿过铺子，走到外屋，却发现小邓正倚在柜台上，账房正幸灾乐祸地凑在小邓耳边小声地嘀咕着。小傅冷冷地扫了他们一眼，突然大声呼叫起来。原来货架上就摆放着他死活找不到的花瓶！

唐老板走进屋子，问道："怎么回事？"

小傅抬抬下巴，伸手把那个花瓶拿了下来。"就是这只花瓶！

之前我一直在找,怎么也找不到,没一会儿工夫,它又出现在了货架上!我记得它旁边的铜器之前也不在这儿。"

账房勉强挤出一丝冷笑。"你这个乡巴佬,就知道说梦话!这个花瓶放在这里已经好几天了!"他转向唐老板,"那天你不是想把这个花瓶拿出来给一个客户看嘛,但是一时找不到,我当时就说东西一时半会儿找不到很正常,过几天自己就出来了!后来,我发现它被放在一个大罐子后面了,肯定是这个乡巴佬整理东西时不小心放错了!害得我们以为丢了东西呢!"

"那只丢掉的碟子是不是也被放在了罐子的后面?"唐老板问道。

账房的脸色刷的白了,不等他狡辩,唐老板就已经把隔壁房间的陆师傅叫了出来。小邓看情况不妙,想要开溜,唐老板立刻大喝一声:"站住!"小邓吓得怔在原地,一动也不敢动。

唐老板从小傅手中接过花瓶,拿到陆师傅面前:"这件花瓶这几天在货架上么?"

陆师傅接过花瓶,仔细看了看,"当然没有!"

"昨天在么?或者前天?自从我们发现它不见了之后,有没有哪一天看到它被重新放到了货架上?"

陆师傅非常肯定地摇摇头:"绝对没有!"

唐老板继续严肃地说道:"今天小傅看见这个花瓶摆在吴老板的架子上,他看着这个花瓶眼熟,就急急忙忙地跑回来看我们的花瓶还在不在,结果没有找到!十分钟之后,这个花瓶又出现在我们的架子上,而这段时间里,只有小邓恰好出现在我们的铺子里,你不觉得奇怪么?"

"还有一只碟子,也出现了么?"

"那只碟子,我想现在恐怕还在吴老板的货架上。简直不敢相信吴老板是这么个没脑子的家伙，竟然任由自己的手下胡作非为！我要把这件事告诉行会，让他们来决断！"

听到"行会"两个字，小邓神情阴郁地抬起头，"尊敬的唐老板，吴老板的手艺确实不能跟您相媲美，但是他也不至于笨到这种地步。吴老板一直对我不太满意，因为我手艺不精，做不出让他满意的铜器。为了面子，我告诉吴老板我可以做出一些他这里没有的样式。于是，我就从您的铺子里借了一个花瓶和一只碟子，想利用下班时间模仿着它们做两个新的铜器。吴老板以为这花瓶和碟子是我自己做的，喜欢得不得了，把它们摆在铺子里最显眼的位置，以便招揽顾客。即便知道您铺子里的人随时会从吴老板的铺子前走过，我也不敢私自挪动它们。"小邓颤抖的声音里满是委屈，"自从这个乡巴佬出现，我就一直走背运。"他的目光从唐老板转向小傅，"打从我们第一次见面，你就把所有的坏事都扣在了我的头上。我家人因为我没有为表弟争取到当学徒的资格，一连骂了我好几个星期。而你一出现，唐老板就站在了你那边，总是为了你与我为难。老祖师傅和其他工匠们也都是跟屁虫，就会见风使舵，唐老板赏识谁，他们就巴结谁，唐老板厌恶我，他们也不给我好脸色。而你呢，好运简直是如影随形！你有老师教你读书认字；又结识了外国女人为铺子招揽生意；还在去湖州的路上为唐老板保住了一大笔钱！这也是小傅，那也是小傅，小傅来做这个，小傅来做那个……什么都是小傅，听到你的名字我都想吐了！所以，吴老板请我过去时，我高兴坏了，总算可以摆脱你，重新开始了。我愿意为他做一切事，只要能够取悦他就行，而我也一直做得不错……"小邓的声音有些哽咽了。

"那么，你和这件事又有什么关系呢？"唐老板问账房。

"跟他一点关系都没有！"小邓赶紧打断了唐老板，站在了他们中间,"一人做事一人当,你要罚就罚我好了!"

"闭嘴!"唐老板把小邓推到一边,"为什么躲到小邓后面?"唐老板质问起账房:"要是你跟这件事没有任何关系,为什么刚才要撒谎?为什么把责任往小傅身上推,让大家都觉得是小傅干的?"

"因为我就是看他不顺眼!我也想帮小邓!"

"病从口入,恶由心生。没错,小傅是负责摆放铜器,但是他没有机会动钱箱吧?可为什么账目和现金不符呢?"账房听了,顿时吓得瞪大了眼睛。唐老板接着说道:"依我看,借铜器这事情根本不是小邓的主意,是你!说,你把铜器租给小邓,自己从中拿了多少钱?"

小邓不说话了。过了好久,账房才让自己镇定下来,用沙哑的声音说:"小邓说吴老板想让他设计出一些独特的铜器,这也是当初吴老板请小邓过去干活的原因之一,他觉得小邓在设计上,可能会有一些自己独特的见解。"

陆师傅没好气地说:"还独特呢!小邓做账房倒是没话说,可是做铜器就是一笔糊涂账,根本分不清哪个是哪个。"

账房抓住这句话,继续为自己开脱:"我也知道这一点,所以一直想要帮他!所有的学徒中,我也就喜欢小邓多一点。"

"这么说,你从这件事里得不到任何好处了?"唐老板步步紧逼。

"他会从每个月的薪水里拿些钱给我,我最近很缺钱。"

"我看这才是大实话!"

唐老板又转向小邓,语气稍微缓和了一些。"你为这个家伙,居然敢冒这么大的风险!"

"他是这铺子里唯一对我好的人。"小邓反驳道。

"你这样想真让我感到遗憾！你平日行为作风不讨人喜欢，很多人跟你相处都不愉快。但你也不是一无是处的，因此，我今天不罚你。我相信你骨子里没有那么坏，只是不会挑朋友，和账房这样的人在一起只会让你越来越堕落。"唐老板疲惫地叹了口气，"至于那个碟子，你把它送过来，我会把它和花瓶一起融掉，做成其他的东西。吴老板可以把仿造的东西继续放在橱窗里展示，这样你也就不会有什么麻烦了。"

小邓谢过唐老板，离开了铺子。

"我现在也不知道该怎么处置你。"唐老板转身对账房说："五年来，我一直毫无戒心地信任你，可是我最近听说你染上了赌博，"账房大惊失色，"从那时起我就暗中观察你，不久就发现你的账目出现了银账不符的现象。后来，两件铜器失窃，我就知道你肯定脱不了干系。我可以把你送到衙门交由他们处置，但是念在往日情分上，我想我们也可以私了。你可以继续待在铺子里做账房，但从此以后我会亲自检查每一笔账目，还有你不能再去赌钱了！"

"要是我拒绝呢？"

"那就只有去衙门这一条路了。"

听到这里，原本挤在隔壁房间的工匠们，都鱼贯而出，各自回家了。

当天晚上，小傅就把这件事情告诉了王秀才。

"我之前也说过，"王秀才道，"没有人是一无是处的！你的敌人小邓也一样，至少他对自己的朋友有一种可贵的忠诚。"

"我之前也不知道，原来自己的出现给他带来了这么大的痛苦。"

"'路遥知马力，日久见人心'，嫉妒是年轻人必须克服的一种恶习！"老先生严肃地说。

第二天早上，账房没有出现在铺子里。到了中午的时候，来了一个新账房。

"我也没期望他会留下来，"陆师傅说，"他也没什么脸面留在这里了！"

"所以我给了他逃跑的机会。我可不想在这个时候花钱打官司，要用钱的地方多着呢！他已经是债台高筑了，如果留下来，我们的损失会更大。不管怎么样，我们都摆脱他了。"唐老板回答道。

小傅开心地抬头看着唐老板，阴云散去，他觉得自己又重新活了过来。

"你怎么笑得这么开心？捡到钱了？"唐老板经过他身边时，不解地问道。

小傅用锤子在铜板上凿了一个洞。"没什么，就是觉得现在干活心里舒坦多了，"小傅解释道，"我原本以为您和其他人都怀疑是我偷的东西。"

"我承认我们之前的很多举动会给你造成这样的误解，但是，你知道，我们这样做也是有原因的。只有让贼觉得我们都在怀疑你，他才会放下心来，露出马脚。我怕把贼逼急了，他狗急跳墙把铜器毁了，我们就找不出事情的真相了。"

屋子里突然安静了下来，小傅于是压低声音说："可是我不明白，你为什么不告诉我店铺失窃的事情呢？"

"你没必要知道！"

"是没必要，可是您如果告诉了我，我就不会那么痛苦了。我不在乎别人是否相信我，但是我实在受不了您对我的猜疑。"

唐老板凝视着小傅的脸，说道："其实，我一直怀疑这件事和账房有关，但直到昨天晚上才真相大白。开始发现丢了两件铜器时，我立刻告诉了陆师傅和老祖师傅，请他们帮忙查明真相。他们两个人都很喜欢你，但是他们也觉得，相比铺子里的其他人，你和账房嫌疑最大，而你有更多的机会接触货物。不过，我始终相信这件事和你没关系，我甚至告诉他们俩，我信任你就像信任自己的儿子一样，如果他还在的话。听我这么说，你会不会心里好受点？"

小傅感动得说不出话来，唐老板离开时，脸上也是心满意足的神情。唐老板信任他，就像信任自己的儿子一样——他把这句话在自己的脑海里重复了一遍又一遍。不知不觉，眼睛里蒙上了一层雾气，不，他已经不是小孩子了，可不能随随便便哭鼻子！是烟！一定是炉子里飘出的烟雾刺痛了他的眼睛，他才会流泪。他冷静了一下，把锤子高高举起，朝着一块铜片重重地砸去。

第十三章
好奇心的妙用

就在这一年,小李结婚了。李大婶给他找了个熟人家的女儿做媳妇,她家是做扇子的,和小李家也算门当户对。刚开始的时候,小李原本总是笑嘻嘻的圆脸上总是挂着一副愁眉不展的神色,可没过多久,他就平静地接受了这个现实。"愁也没用了!"他对小傅说。

"你见过那姑娘么?"

"算是见过,有一年元宵节,她父母带着她来我家玩,那个时候,她大概六岁,我也只有九岁。九岁的孩子哪会去注意一个女孩子的相貌啊!所以提起她,我压根一点儿印象都没有。"小李叹了口气,"我希望她能有个好脾气,要不然,我母亲——"小李打住话头没有说下去,小傅还是一下子就明白了他的顾虑。"你知道,她可是第一个要住进我们家的姑娘啊!"

小傅安慰他道:"我理解你的顾虑。你是个好人,即便是重庆市最好的姑娘嫁给你也不为过。"

当天晚上,小傅就把小李的喜讯告诉了傅大婶。"我打算,"小傅对母亲说,"去巷口那家裁缝店里做套衣服,好去参加小李的婚礼。"

"什么?做衣服?谁出钱啊?"

"当然是我自己了!"

"好吧,你手头攒了多少私房钱我不知道!但是你要是真有钱,倒不如买一匹藏毯做礼物送给小李夫妇,然后再请他们夫妇去大街上的洋人餐厅吃一顿,据说那里只卖洋人吃的东西,吃饭的时候大家都用刀叉,对着食物又是砍又是戳的。"

"您别说，我还真有这打算！以后一定要找个时间去一次，看看洋人都吃的些什么东西。"说到这里，小傅忽然想起外国女人了，有好几个月没有见到她了。之前那场政治暴动逼得很多外国人不得不离开重庆，因为许多激进分子大肆造谣，激起了人们对洋人的仇恨。虽然暴动结束之后，很多激进分子被赶出了重庆，但他们的影响力还阴魂不散地徘徊在重庆市的上空。

　　"你的口味还真奇怪！"傅大婶继续说道，"我的胃可受不了那些洋人的食物！至于做衣服的事情，你就别操心了，我去买点布料，自己给你做一套。"

　　小傅斩钉截铁地拒绝了傅大婶的建议。"我平时一向节俭，花钱从不大手大脚。我现在就是需要一套质量好一点的衣服，这对我来说很重要！即便需要我以后省吃俭用，缩手缩脚地过日子，我也要做一套！您帮我做衣服当然是比城里任何一个裁缝都要细心，但是它们的款式都太老土了。打我们第一天进城，我就发现了这个问题，但是那个时候我也无能为力，因为我们没有钱，现在呢，也还是要精打细算地过日子，但是我觉得有一套像样的衣服还是很有必要的。有朝一日，我也会成为这个行当里举足轻重的人物！人们能够越早忘记我是个乡巴佬，忘记我是个外地人，我就能越快踏上成功之路！"

　　傅大婶不再说什么了。他儿子已经长成了一个男子汉，赚着一个工匠的薪水，花起钱来也确实很节俭。他有什么雄图大志她不知道，但是她坚信有一天自己的儿子一定会成功！他头脑灵活，而且这几年运气一直不错，这些多亏了她常常去观音庙为他祈福。只要傅大婶还活着一天，就会一直为他做这件事。

　　傅大婶又说道："你去裁缝铺的时候，我跟你一起去，我要站在旁边看裁缝裁剪。"

第十三章 好奇心的妙用

"你可以跟我一起去买绸缎，裁缝那儿我一个人去好了！"

"买绸缎？"傅大婶惊愕地重复道，"你疯了么？哪有工匠穿绸缎的？"

"唐老板就穿啊，老祖师傅在重要场合也会穿一件黑色的绸缎衣服。"

"唐老板可是个有头有脸的人物，老祖师傅，我记得你告诉过我，他家里可是有好几个儿子，个个都能赚钱！"傅大婶已经有点怒不可遏了。

"您先别急啊！听我把话说完。"小傅央求道，"咱们对面林老板家的绸缎铺里有一块黑色的印花绸缎，我已经去看过好几回了，只要裁剪得当，是看不出瑕疵的。林老板开的价也很低，他已经同我说过了，可以以最便宜的价格卖给我几米做衣服，您不妨跟我一道再去砍砍价。"

买好了绸缎，小傅便来到了裁缝铺。裁缝正在招呼着其他客人，小傅便在一旁看着其他工人怎么裁剪衣服的。一个人正用熨斗烫着衣服的接口，那个熨斗是个带盖子的小平底容器，里面装着燃烧的木炭；还有个工人手指上套着顶针，正小心翼翼地往衣服上钉扣子。小傅真想知道，这些人怎么这么有耐心，日复一日做着如此细致的活儿。相比而言，他更喜欢锤子和砧板。

裁缝招呼完客人，面带微笑地朝小傅走过来，一边听小傅的要求，一边拿尺子替小傅丈量，计算着这块布该如何裁剪。"我估计你这块布买小了，但是倘若我小心裁剪的话，也还是能够做出衣服的。"裁缝皱着眉头，一副为难的样子。

"换作别的裁缝我不敢说，但您这儿，肯定没问题！如果您不是太忙的话，我就在这看着您裁料子吧！"

裁缝笑了笑说："今晚我事情比较多，得等闲下来的时候，再好好琢磨这布料该怎么裁剪。"

"那您什么时候有时间？——明天？"

"没准儿！"

"那行！我先把布带回家，明天再来找您吧！"小傅心想，要是这裁缝把他当成没见过世面的毛孩子，那他还不如找家厚道点儿的铺子算了。

裁缝只好耸耸肩，投降道："好吧好吧！我就先把手头要紧的事情丢到一边，先帮你裁衣服吧！"

小傅站在一旁，严密地监视着裁剪的整个过程。裁缝每剪下一块布，小傅就把它攥在手里。最后，手里除了几块大片的绸子外，还抓了一些边边角角的小碎料。在傅大婶手里，这些剪下来的碎料都能派上大用场。

小李结婚的日子很快就到了。小傅穿上新衣，觉得自己派头十足，一点都不比其他参加婚宴的人差。傅大婶也看得两眼放光，毫不掩饰自己的骄傲之情，大叫道："行了行了，赶紧走吧，让戴老板看见你这身行头，咱们的房租还不得翻倍啊！"

婚宴上，唐老板看了小傅这一身新衣，扬起眉毛问道："今天到底是小李结婚，还是你结婚啊？"

小傅咧开嘴巴，笑嘻嘻地不说话。明知道唐老板是在拿他打趣，但是一点儿也不生气。至少穿上这一身衣服，他不会再被人嘲笑成"乡巴佬"了。

转眼一个月过去了，小李还沉浸在新婚的快乐之中，他对媳妇儿的好脾气特别满意，提起来总是赞不绝口。而且姑娘长得也不错，还很会取悦母亲。他之前一直担心的事情并没有发生，虽然家里多了一口人，但还是一派和谐亲密的气氛。

店铺里的情形也差不多，又来了一个新学徒，现在店里总共

第十三章 好奇心的妙用

有三个学徒了。每次看到唐老板那么耐心地指导这些新学徒，他都要吐吐舌头，表示惊叹，简直不敢相信自己刚来的时候也是这么笨手笨脚，什么都不会。现在，他当工匠已经满一年了，唐老板又给他每月涨了一块大洋。当小傅把这个好消息告诉傅大婶时，她简直欣喜若狂。"这些钱咱们可得好好存着！"

"大部分可以存下来！"小傅纠正道，"还要拿出一部分来交房租，我们在戴老板这已经憋得够久了，也该换个地方了。租个两室的房子吧，小点也可以。"

傅大婶一听要多花钱，又开始抱怨起来，不过很快就打起精神四处物色新房子了。自打来到重庆就一直蜗居在这个破破烂烂、狭小闭塞的空间里，要不是手头拮据，她比小傅更渴望换个房子透透气。

王秀才得知小傅他们要搬家的时候，一脸的平静，就像他应对其他任何事情一样。"我不会忘记你们平日对我的悉心照顾。不过，我倒是希望你有时间可以抽空回来看看我这个老头子，你是个聪明的孩子，学东西也快。如果你今后能把圣人们的教诲铭记于心，一定能够从中悟出人生的真谛。"

"先生的大恩大德，小傅没齿难忘！"小傅恭敬地回答道，"我还记得来重庆的第一个晚上，您对我说的那番话。我只是个从乡下来的毛头孩子，可您却对我十分友好，教我读圣贤书，做人上人。没有先生的悉心栽培，也不会有小傅的今天。如今，先生您年事已高，而我年轻力壮，如果先生您有什么需要我帮忙的，尽管让林妈妈给我带话，我一定义不容辞。"之前，小傅曾带着王秀才去拜访过林爸爸和林妈妈。两位老人出院后，唐老板帮他们安排了新的住宿，王秀才和林家夫妇也结下了深厚的友谊。

傅大婶很快就找到了一个两居室的房子，租金比戴老板的房子贵不了多少,后院也没有臭气熏天的猪圈。她踌躇满志地收拾房间,摆放东西,高兴得像个孩子。她和儿子已经来重庆四年了,如今小日子过得有声有色,傅大婶心里着实满意。她早就打算再去山上拜访一下亲戚,让他们看看自己现在多享福,顺便炫耀一下儿子的能力。要不是这年头出行不是太安全,她还想回一趟老家。不过,即使路上没有劫匪和士兵,路费也是个大问题。她告诫自己,现在她花的钱都是儿子辛辛苦苦挣来的,可不能太浪费了!等哪一天,小傅事业有成了,她就回老家给他物色个媳妇儿。城里的姑娘们她都看不顺眼,个个爱慕虚荣、贪图享乐,都不适合做儿媳妇。相比之下,农村的姑娘会洗衣做饭、勤俭持家,这样的姑娘才适合做儿媳妇。不过,她儿子还小,婚姻大事暂时不用去操心,往后有时间去考虑这个问题。

唐老板越来越频繁地让小傅出马,去跑一些棘手的业务。他现在经常去有钱人家跟他们讨价还价,身后还跟着小学徒,就像当初他跟在账房后面一样。在店里的时候,他基本上都是跟在老祖师傅后面学设计,因为在铜器设计这一方面,他确实极富天赋。陆师傅总是拿他打趣,说他如果能够把脑子里的东西都做出来,那就太了不起了。这显然是在嘲讽小傅那糟糕的焊接手艺。

小傅也不觉得不好意思,厚着脸皮说:"人无完人嘛,我也没办法做到十全十美!"

陆师傅一听这自卖自夸的话,喉咙里呻吟了一声,老祖师傅则在一旁咯咯地笑着,"你这臭小子,真是屎壳郎带花——臭美!"

大家说笑的时候,唐老板却在一旁眉头深锁,好像有什么心事。小傅经过他身边时,唐老板叫住他:"你过来一下,我有些话要对你说。"

小傅走近唐老板时，唐老板继续说道："我刚刚接到一张纸条，要我明天早上去衙门一趟。至于因为何事我也不清楚，你知道，衙门这种地方是不会随便请人去喝茶聊天的，所以，我想带个人一起去。老祖师傅年纪大了，我不想让他为这事过分担忧，陆师傅太老实，对官场上的事情比较迟钝，所以还是你陪我走一趟吧！你明天穿上参加小李婚宴的那套衣服，辰时在衙门门口等我。还有，不要告诉任何人我们去了哪里。"

小傅顿时得意起来，穿上那身新衣服，人们会把他当成唐老板的伙伴，而不是雇工。虽然唐老板嘴上没说，但是他的话就是这个意思嘛！这套绸缎衣服的钱花得可真值！

第二天早上，他穿着平时的衣服离开了家，离辰时还有些时间，他瞒着母亲把绸缎衣服带了出来，准备去新开的公共澡堂换上。他走进澡堂，付了钱，洗完澡后便把新衣服换上。收拾完毕，又给了店员一枚铜板，请他帮忙看着换下来的衣服，晚上下了工再来拿。

唐老板和小傅在衙门门口会和后，唐老板把自己的名片递给当差的，他们很快就被引进了一间宽敞的会客厅。客厅里站着很多人，身份各异。小傅心里琢磨着他们被叫到衙门的原因，因为，正如唐老板所说，衙门这种地方一般不会随便叫人来，如果叫你过来，那一定不是来喝茶聊天的。一个挑夫垂着脑袋，站在墙角，手里还紧紧地攥着自己的扁担。一个做苦力的来衙门做什么啊？忽然，小傅想起几年前自己差点命丧士兵之手，想起那个挑夫无缘无故地被夺了性命，不禁打了个冷战。他原本以为自己已经战胜了对士兵和官府的恐惧，哪知道现在想起来还是心有余悸。他又开始打量屋子里的人，只见一个油头粉面的商人正紧张地四处张望；一个农民脖子上架着一个沉重的木枷，整个人都不堪重负

第十三章 好奇心的妙用

地塌了下去；穿着制服的警卫在屋里走来走去；一个手持步枪的士兵用枪抵着两个被铐在一起的人。小傅全身的汗毛都竖了起来，整个屋子里的气氛让他的情绪跌到了谷底。

一个侍从走进屋子，说道："请问，哪一位是唐先生，铜匠铺的唐师傅？"

唐老板站起身，"鄙人就是！"

"请跟我来！"

侍从带着他们穿过好几个走廊，最后在一间屋子前停住了，他对站在门口的另一个侍从说："去禀告董大人，唐铜匠在屋外候着了！"

那侍从进了屋，一会儿工夫便反身出来，道："请唐铜匠进屋，董大人要见您！"

唐老板跟着侍从进了屋，留下小傅一个人在厅堂里焦急不安地候着。可能只是生意上的事情，董大人是店铺的老顾客了。不过之前都是派一个侍从过去，可能这次是想自己和唐老板当面谈谈，所以就请唐老板跑了一趟。唐老板收到衙门来的纸条后，可能是误会了其中的意思，没往订货这一层意思上想。要真是这样，那这趟衙门算是白跑了。他自己还特地洗了个澡，换了身衣服，跑这么个吓人的地方站了半天，随后还得屁颠屁颠地跑回脏兮兮的铜匠铺子干活去。

那个侍从一直背对着门，直挺挺地立着，小傅好奇地瞟了他几眼，便把注意力转移到其他地方了。小傅在想，这些弯弯曲曲的走廊都通向什么地方？哪一扇门打开后是阴森恐怖的审讯室？哪一扇门后放着血淋淋的刑具？哪一条小道通往阴森森的地牢？地牢里都关着些什么人呢？他们都是十恶不赦的犯人么？在重庆市繁华热闹的大街上，竟然有这么一座威严阴郁的房子！对了，唐老板怎么去了这么久还没有出来?

　　唐老板出来了,小傅一看他的表情就知道,这次董大人请他们过来不是为了谈生意。小傅从没见唐老板如此焦虑不安过。直到他们走到大街上,唐老板才开口说话。他的第一句话就把小傅下得魂飞魄散。"他们怀疑陆师傅走私鸦片。"

　　"陆师傅?我们铺子里的陆师傅?"小傅简直不敢相信自己的耳朵。

　　唐老板沮丧地说:"这事儿很奇怪!鸦片是在陆师傅家后院的一个小棚子里发现的。这个地方本来是用来养猪的,从去年开始用来堆放废品了。几天前,衙门的线人发现有一批鸦片要从我们这里运出,走水路送到扬子江中游的宜昌,卖给一个从上海来的商人,价格要比政府规定的价格低得多。鸦片散发出一种香甜的气味,官府的人顺着气味找到了陆师傅家的棚子里,那儿果然藏着鸦片。"

　　"但是,陆师傅——"小傅想要辩解什么。

　　"我知道你想说什么,"唐老板打断了他的话,"董大人和我说这件事的时候,我也不相信自己的耳朵。他今天把我叫来,就是问问陆师傅的名声和他家里人的情况,鸦片还藏在陆师傅家的棚子里,官府派人埋伏在陆家附近,想拿鸦片当诱饵,抓住走私犯。如果三天之内,他们还抓不到人,就要把陆师傅关进大牢了。"

　　"陆师傅不是走私犯!"

　　"当然不是!我告诉董大人,我可以给陆师傅作担保!他和你我一样都是清清白白的,他的三个儿子都已经结婚了,几代人住一起,一家人都是勤勤恳恳的工匠。除此之外,我就不太清楚了。"

　　"也许陆师傅自己知道,家里的谁会做这样的事情。"

第十三章 好奇心的妙用

"但是我们不能把这件事情告诉陆师傅！董大人再三要求我对此事保密，我告诉他我有一个很机灵的手下，可以派他去陆家侦查侦查情况。一开始，董大人还有些犹豫，但后来还是同意了我把事情告诉你。今晚下了工，我制造机会让你去一趟陆家，你到了陆家一定要仔细观察，不要放过任何蛛丝马迹。"

接到这个任务，小傅的心脏怦怦地跳个不停，没想到唐老板竟然如此信任他。回到铺子里，他机械地干着活，整件事让他觉得非常不真实，像是从说书艺人嘴巴里说出来的故事一样。陆师傅这个人，木讷迟钝，说话做事直来直往，这样的人怎么可能干出走私毒品这种需要精心策划、瞒天过海的事情呢？这简直太荒谬了！再说了，走私鸦片是一件风险极大的事情！鸦片的价格和黄金有一比，如果逃过了政府的重税，那可是要发大财了！受到这份令人咋舌的利益的驱使，很多人不惜一切代价，也要把鸦片偷偷运到下游贩卖。

小傅的思绪回到了自己在图托的农村老家。那里遍地开满罂粟花，甚至在他家门前的一小块地方还种着这种柔和艳丽的植物。衬着绿色的豆子和清甜的土豆，色彩绚烂、精致可人的罂粟花儿在田野里蔓延，放眼望去，美不胜收！但是，小傅清楚地记得父亲有多么痛恨这些罂粟花。这些罂粟花并不是农民们自己的想种的，而是督军强迫农民在自家田里辟出一块地，专门用来种植这些害人的花朵。罂粟可以用来制鸦片，督军们发现没有比卖鸦片更赚钱的东西了。有了这些东西，他们不愁养活不了军队。

据说，这些毒品最早是从南边的印度传过来的。它们一来到中国的土地就给中国人民带来了可怕的灾难。一旦抽上鸦片，一个人的精神和肉体都会被它吞噬，无数人因为鸦片陷入绝望的深渊，无数家庭因为鸦片家破人亡。它甚至引发了中国和洋人之间的战争。从此，中国人一提到鸦片就谈虎色变。它像笼罩在中国大地上的邪恶咒语，无穷无尽的灾难和痛楚由此衍生。鸦片战争后，北京政府颁布了法令，禁止种植罂粟和贩卖鸦片，希望可以扼制鸦片在中国的泛滥。私自贩卖鸦片的商人，一经查出，必处以死刑。倘若发现有农民种植罂粟，哪怕只有一株，也会小命不保。在这种铁血政策的实施下，鸦片终于暂时松开了紧扼中国人民咽喉的双手。

没过多久，中国的土地被更多的战争所覆盖。疲于征战的督军们资金匮乏，中央政府的控制力又逐步减退，督军又开始强迫当地农民为他们种植罂粟，那些美艳娇柔的花朵又开始在中国的土地上不断涌现，仿佛一夜之间就收复了失地。于是，人们又开始抱着烟管吞云吐雾了。但是政府的政策并没有放宽，依然对鸦片征收重税，私自走私鸦片者，一经查出，严惩不贷。一想到陆师傅可能会遭到的惩罚，小傅吓得头皮发麻。

这一整天，小傅都在想着唐老板会给他什么指示，让他去陆师傅家侦查情况，但是直到下了工，陆师傅已经走了，唐老板才拿出一个包裹，告诉小傅："把这个火盆送到陆师傅家，问他这个火盆完工了没有，告诉他，我改变主意了，准备今晚就把这个货送出去。我想，出于礼貌，陆师傅一定会拿些茶点招待你。你争取在他家多磨蹭些时间，看看有没有什么有用的发现。离开他家后，你要想办法溜到他家后院，去看看有没有什么线索。"

小傅手里拿着火盆，走出铺子，快步往陆家走去。一路上，他心跳加速，整个人都处于亢奋之中。小傅到的时候，陆师傅一家已经吃完了晚饭，他们邀请小傅坐下来吃些东西。按照规矩，小傅进屋后，陆家的女儿和儿媳妇都各回各屋，以示回避。陆师傅的老伴儿、儿子和孙子们留在了屋里。

第十三章 好奇心的妙用

小傅的眼睛从这个人的脸上扫到另一个人的脸上，若无其事地和他们攀谈起来。他问候了在场的每个人，还谈到了自己的母亲。陆家人和他聊起现在的米价，又比前几个月涨了一些，他们还谈到越来越多的土匪，以及政府现在推行的政策。但是这些无关紧要的谈话没有给小傅提供任何有用的线索，看着这些老实巴交的、勤劳诚恳的人，实在很难把他们和走私犯联系到一起。

小傅想在陆家尽可能拖延时间，但是陆师傅觉得小傅应该马上把火盆送出，为了避免陆师傅的猜疑，小傅只好起身告辞。一番寒暄之后，小傅走出陆家大门，消失在黑暗的街道上。走了一小会儿，他原路折回，想要去陆师傅家的后院一探究竟。

可是，在黑暗中查探情况的难度非常大。由于隔着重重的围栏，小傅根本搞不清楚陆师傅家的具体方位。就在小傅东张西望的时候，一个黑影跳了出来，"你在这干什么？"那个人问道。

小傅的心提到了嗓子眼，他赶紧拿出火盆，"我是铜匠铺的，我们铺子里的一个师傅住在这里，"他顿了顿，努力平复自己有些发颤的声音，"在把火盆送出去之前，我要把它送给师傅看一下。"

那个人拿过火盆，仔细地检查起来。他打开火盆盖子，发现里面什么都没有，就把盖子盖上了。接着把小傅全身搜了一遍，依旧没有发现什么东西，便粗鲁地推了小傅一把，呵斥道："快滚！"

小傅一路狂奔，回到铺子里时，狂乱的心跳还没有平复下来。他和唐老板都没料到会碰到衙门的人，小傅一口气把刚才发生的事情都倒了出来。

"你在陆师傅家没发现什么可疑的情况么？"

"没有呢！"小傅沮丧地说。

三天的期限很快就到了，陆师傅果然被抓进了大牢，为了让陆师傅在牢里少受点罪，唐老板给董大人送了好些礼，请求董大人把审讯的日期尽可能往后拖一拖。接着，藏在陆师傅后院棚子里的鸦片也被悉数搜出。

陆师傅被抓后，陆家一片愁云惨淡。事情发生得太突然，全家人都惊得目瞪口呆。小傅当天晚上就去了陆家，他想知道陆家人有什么对策，如何查出真相把陆师傅从牢里救出来。

"对策？"陆师傅的大儿子问道，"什么对策？我们今天早上才知道家里藏有鸦片，到现在还一头雾水，能有什么对策？"

小傅一听顿时急了。不过他很快意识到，陆师傅突然被抓对他们一家人的打击很大，面对如此大的灾难，他们需要时间去平复悲痛的心情。"我能去看看你们家的小棚子么？"小傅问道。

不一会儿，小傅就穿过屋子，来到了后院的棚子前。棚子紧靠着陆家的大房子，与临街的墙只隔了几米远，外面的人如果想爬进来，只要站在屋子的两侧就可以轻易地发现。小傅决定自己爬上墙头，看看有什么发现。不过，首先他要谢过房子的主人，让处于悲痛中的陆家人离开后院，自己好静下心来寻找线索。

五分钟后，小傅站在了墙外。由于鸦片已经被查获，嫌疑犯也被关进了大牢，所以今晚衙门没有再派人盯着陆家的后院。这些当官的未免也太蠢了吧，案子还没审呢，怎么也该留个人盯一盯，万一有什么新的发现呢！不过，官府的人可没有像他一样深信陆师傅是无罪的啊！哎，也不知道陆师傅现在正受着什么罪，该不会屈打成招了吧？听说牢里审问起犯人来是很有手段的，在严刑拷打下，很多清白无罪的人都会含冤认罪。哎，要是马上就能找到那个把鸦片藏在陆师傅家的混蛋就好了！他也不指望陆师傅的儿子们能想出什么办法了，要是指望他们，陆师傅肯定没救了。虽然，陆师傅没有唐老板和老祖师傅那么聪明，但他毕竟是一个好人,一个优秀的工匠,可不能就这么白白地送了命!

  眼前的这堵墙还蛮高的,不过他爬过比这更高的墙,爬上去对他来说不是什么难事。小傅稳稳地爬了上去,趴在涂了灰泥的墙头。等他的眼睛适应了黑暗之后,便很快搞清了自己的位置。他发现陆师傅家的棚子和那堵墙刚好把陆师傅家的房子和邻居家的房子分割开来,棚子正好依靠在分隔墙旁边。为什么他和陆家儿子走进后院时没有发现呢?慢着!好像有什么东西越过了墙头,小傅拼命地睁大眼睛想看个究竟,却什么也没看清!算了,估计就是条狗吧!如果真是狗,那它在翻墙时应该能嗅出小傅才对!突然,又有声音响起了,有点像摸索东西,窸窸窣窣的声音,可能还是那只狗的声音吧!突然,小傅闻到了一股甜腻腻的味道,他厌恶地抽了抽鼻子——鸦片!这正是鸦片的味道!原来有人正越过分隔墙往外运鸦片!

  突然,周围安静了下来。小傅紧紧地趴在墙头,一动也不敢动。他身下的街道上响起了一连串急促的脚步声。他瞅准时机,从墙头轻轻地滑了下来,循着脚步的声音跟了过去。只几秒钟的功夫,他就跟上了前面那个模模糊糊的影子。他不知道这个人是不是就是他自己要找的人,但是这个险值得一冒。他跟着影子穿过一条条的街道,一会儿上坡,一会儿下坡,很快就绕到了河边。河面上腾起浓浓的大雾,他们俩一前一后地踩着湿软的土地,迎着雾气往前走。忽然,那个人停了下来,回头看有没有人跟着他。小傅赶紧躲进了茂密的草丛中,直到那个人走出了好几步远,他也没敢再跟过去。

  远处,一点亮光划破了黑夜,可能是一盏小灯笼发出的光。那光在黑暗中一连闪了三次,随后,小傅便听到了禾雀的叫声,接着那亮光又闪了一次,还伴随着船桨拍击水面的声音。原来,那闪了三次的亮光和禾雀的叫声都是他们接头的暗号。真是一群蠢蛋！这个季节怎么会有禾雀呢？

另一个人跳上了岸，和河边的人接了头。他们窸窸窣窣的说话声飘到了小傅的耳中，他隐隐约约地听见，洋轮上的乘务员会把包裹放在一个美国乘客的手提箱里，手提箱就藏在乘客的贵宾舱的下铺的床底下。等到了宜昌，会有人来把箱子拿走。把鸦片放在外国人的手提箱里是非常安全的，因为船上只会搜查中国人的物品，不会去碰洋人的东西。说到这里，两个同伙哈哈大笑起来——谁能想到，帮助海关搜查鸦片的乘务员会干出这种监守自盗的事情来呢？

小傅愤恨地咬咬牙，笑吧！笑吧！倒要看看这帮人明天还笑不笑得出来！陆师傅进监狱，就是因为这帮混蛋干的好事！

没过一会儿，小傅又跟着那个身影穿梭于重庆的大街小巷了。不出小傅所料，那个人果然没有在陆家附近停留，而是径直往前走，走过了好几户人家才停下来。小傅心想：记下这家的门牌号并不难，但是到现在还没见到这走私犯的庐山真面目。刚才两个人说话都是压低了嗓门，小傅根本听不出他们声音上有什么明显的特征。不行，一定要让这个走私犯再开口说话！打定主意，计上心来！小傅从自己藏身的地方走了出来，一面呜呜咽咽地哭着，一面跌跌撞撞地跑到路中间，冲到那个准备进门的走私犯面前时，小傅号啕大哭："我爹的钱啊！我爹的钱啊！"

那人大吃一惊，猛地转回身，呵斥道："快给我滚到一边去！"

小傅压低了哭声："要不是我赌钱，我爹现在还抱着他的钱袋呢！"

"谁要管你爹的钱袋子？赶快给我滚，不然我报官啦！"

第十三章 好奇心的妙用

　　小傅走开了，他一时半会儿不会忘记这个人的声音。那人说话跟喜鹊一样，嗓音很沙哑。小傅仍旧做出一副哭哭啼啼的样子，但是一转过街角，立刻恢复了正常，撒腿就向唐老板家飞奔过去。

　　第二天一大早，唐老板就把这件事禀告了董大人。那个喜鹊嗓门的男人立刻被抓，严刑拷打之下，很快就供出了同伙的名字。原来，这些走私犯一直把鸦片藏在不惹人注意的地方，等时机成熟再把鸦片拿出来统一运走。陆师傅家后院的小棚子就是他们隐藏鸦片的好地方，这个棚子与陆师傅邻家的院子只隔了一堵墙，走私犯们在墙的另一头挖了条小通道，这样就可以把鸦片神不知鬼不觉地放进棚子里了。陆师傅的邻居是一对上了年纪的夫妇，把房子租给了走私犯，一点也没有起疑心。几个月以来，鸦片一直藏在院子里松动的石板下。小傅发现这个走私犯时，他正把石板下的鸦片拿出来。这伙人已经知道陆师傅被抓的消息，也知道附近有衙门的线人在活动，形势对他们非常不利。他们已经损失了一部分鸦片，如果藏在石板下的这部分鸦片再丢了，那损失可就大了。于是，他们决定铤而走险，尽快把剩下的鸦片运出去。谁知道，竟然栽在了这个乳臭未干的臭小子手里，这滋味简直比上刑还苦不堪言！

　　在董大人的周旋调解下，陆师傅很快就被释放了。他只不过被关了一天一夜，出来的时候却好像老了十岁一样，走起路来，像一个久病缠身的老人。小傅跟在唐老板和陆师傅的身后，穿过衙门的院子时，小傅一直低着头，不想让人看见他眼里深深的同情。他们把陆师傅送到家后，唐老板主动提出让陆师傅休几天假，建议他去乡下走走，调整好状态再来上工。陆师傅嘟嘟囔囔地接受了唐老板的好意，说了一些感谢话，但是脸上还是一副悲痛的表情。小傅真想知道陆师傅在牢里到底受了什么罪，不过，现在显然不是追究这个问题的时候。

　　这时，陆师傅的家人都围了过来，向小傅表示感谢和钦佩。他们的感谢之词弄得小傅都有些不好意思了。当唐老板提出要回铺子时，小傅倒是松了一口气。要是在一年前，小傅肯定会因为人们的溢美之词欣喜若狂，可现在他不会这么轻浮了，这本身就是一个很大的进步。再说，如果没有唐老板的上下打点，悉心安排，事情也不会这么顺利地解决。如果，非要说他有什么过人之处，那就是老天爷给了他一双明锐的眼睛和灵敏的耳朵，还有足够好的运气，正好在那个点，自己恰好爬上了墙头，发现了这个惊天的秘密。后来的事情就更没什么值得炫耀的了，他只不过是尾随嫌疑犯，顺藤摸瓜发现了整件事情的真相。

　　人生的道路真是奇幻无比！比如小傅他自己，一个普普通通的从乡下来的孩子，不知道为什么，好运就是接二连三地跟着他跑！再看看陆师傅，一辈子勤勤恳恳、清清白白，却莫名其妙地被人栽赃嫁祸，无端地卷入走私鸦片这么不光彩的事情里。不过，傅大婶警告过小傅，绝对不能质疑老天爷的权威！于是，小傅不再胡思乱想，跟着唐老板进了店铺，很快就投入了一天的紧张工作。

第十四章
会当凌绝顶,一览众山小

几天的时间匆匆而过,陆师傅依然没有来上工。待到他重拾信心和勇气面对生活时,已经是好几周过后了。陆师傅不在的时候,他的活都由铺子里其他的工匠分担了。

小傅因此不得不长时间地困在砧板间和锅炉房里,偏偏这些都是他最不喜欢做的工作。设计新式样的铜器才能满足他内心最深处的渴望;跑一些重要的业务,抑或是在铺子里跟顾客磨磨嘴皮子、讨价还价可以锻炼他的头脑和口才。可是,焊接和切割,这些纯粹就是体力活,哪个工匠都可以做。之前陆师傅笑话他焊接手艺差,小傅自己对此也承认,而焊接恰好是他朋友小李的拿手好戏。每道接缝,只要是经小李的手,都无不精细,无可挑剔,小李自己也很享受这个过程。唐老板因此称赞过小李,说小李铁定会成为所有铜匠铺子都求之不得的工匠。

"练好焊接手艺,对你各项技能的全面发展都大有裨益,"一天早上,陆师傅仍然未复工,唐老板走到小傅面前,不无诚恳地对他说,"我要把你培养成一名优秀的工匠,所以,你万不可有丝毫的松懈,必须在各个方面都做到最好。现在你已经开始学习锻造水壶了,这可是一项细活儿,要是没有过硬的焊接技术,只怕你做出来的水壶要跟水牛差不多呢!"听罢,周围人都哈哈大笑起来。小傅正汗流浃背地忙活着手头的工作,对唐老板的话充耳不闻,脸上看不出一丝笑意。中午休息的时候,他还是闷闷不乐地板着个脸,一副不高兴的样子。老祖师傅想跟他说些笑话打打趣,结果却被他拧着眉头、凶巴巴地给堵了回来。

快下工的时候,唐老板把小傅叫到了一边:"你太让我失望了!"他直截了当地对小傅说道,"我看你是被自己的好运气给惯坏了,什么都不放在眼里了。我们这是一家铜匠铺子,里面的人都是要靠辛勤劳动来换取未来的,可不是什么富家子弟公子哥儿扎堆的地方,成日里坐吃山空地等死就行了。你也不是第一天来做工匠了,难道不明白每个制作环节对于一只铜器的成败都至关重要吗?要是没人自愿去做砧板间和锅炉房里那些枯燥艰辛的工作,根本就不会有我们这间铜匠铺,"唐老板顿了顿,又强调道,"也不会有什么所谓的设计师。"

唐老板神色严厉地注视着他,小傅懊恼地低下了头。他一言不发,默默地转身回去继续工作。但是,怒火却在他的心里腾腾地往上蹿。他一直非常努力地工作!他不是富人家里坐吃山空的公子哥儿,也不是被好运冲昏了头的嫩头小子!他气鼓鼓地操起锤子。哼!唐老板竟然用这种眼光来看待自己,真是气人!他真恨不得用锤子把手里的罐子砸个稀巴烂才好!他就这么怒火腾腾地立在那里,双手像筛糠一样气得发抖。费了好大劲儿,他才让自己冷静下来,继续手里的工作。他卖力地锤打着手里的铜器,一种恍若报复般的快感在他心里慢慢涌起。他要让唐老板看看,只要他愿意,他的焊接手艺绝不会比这里的任何一个人差!他就是要让唐老板瞧瞧,他小傅绝不是那么差劲的人!在剩下的时间里,小傅咬牙切齿地做着手上的罐子,他誓要把每个接缝都处理得巧夺天工。唐老板刚刚那番话在他的脑海里回响个不停。什么?对他失望?真是太可恶了!唐老板不稀罕他,自然会有人稀罕!他唐老板又不是全中国唯一一个开铜匠铺子的,就算在重庆,还是有很多其他的铜匠铺子可以去啊!不过,小傅扪心自问,既然唐老板不是那么重要的人物,自己干嘛还要为他这几句话动这么大的肝火呢?他拼命地摇着头,想把这些乱七八糟的想法甩出

第十四章 会当凌绝顶,一览众山小

脑子。

　　放工后,小傅对唐老板说了声再见,对方只是冷冷地点了点头。小傅心灰意冷地走到街上,整个人都恍惚了。回到家里,他仍然坐立不安。如果自己现在还住在戴老板家的公寓里,只消抬抬腿上楼,就可以跑到王秀才的房间里去寻求帮助了。不过,也许王秀才住得远也是好事。毕竟这是他和唐老板之间的事情,应该由他们自己来解决。小傅一宿都没睡安稳,第二天天还没亮,就从床上爬起来,急急忙忙赶到铺子里。虽然他心里并没有那么想见唐老板,但这间铜匠铺却对他有着一种致命的吸引力。

　　到了铜匠铺,他便开始做一件新铜器。他全神贯注地投入到了这项工作当中,费了九牛二虎之力,终于打造出了一件堪称完美的作品。完工的时候,他心里感受到了一种难以描述的满足感。要是这时候谁敢说这件铜器不够精美的话,他肯定要上前辩驳一番。他久久地盯着自己引以为豪的作品,终于心烦意乱地承认其实别人怎么看他根本不介意,自己之所以这么焦虑不安,只因为一件事——唐老板对自己失望了。不过事实上,他也确实让人失望。他非但没有做好自己的本职工作,反而满脑子想着怎么去逃避责任。他年纪轻轻,资历尚浅,却能在这间铜匠铺里享受少有的特权,这并非因为他多么才华横溢,而是因为唐老板从一开始就满心好意地想要栽培他。他记得古书上曾经说过:"滴水之恩,当涌泉相报"。忘恩负义是最不可饶恕的罪过。忽然他想起了小邓。账房先生待小邓纯粹是虚情假意,可即便如此,小邓还是真心实意地去回报账房。眼下,他甚至连小邓的一半都不如!再想想唐老板,小傅便更觉羞愧了。打从自己进铺以来,唐老板一直在他身边,扶持帮助他;当他从学徒转为正式工匠时,唐老板给他开出了最高的工资;唐老板甚至亲口说过,会像信任自己的亲生儿子一样信任他……小傅简直没办法再坐在这里想下去了，他一把抓起做好的两件铜器去找唐老板。

唐老板看着小傅朝自己走来，一言不发。小傅尴尬地站在那里，眼巴巴地看着唐老板，可唐老板根本没有打算给他台阶下。小傅鼓起勇气，递上那两件铜器说道："我刚才一直在做这两件铜器，好不容易做好了，能不能请您看一看，给我说说还有什么需要改进的地方？"

"第一个，光看铜器的表面就知道是你的泄愤之作；第二个嘛，稍微好了一点儿。"

小傅先前的那股傲气立刻烟消云散了，他喃喃地说道："我就是个傻瓜！"

"一点儿没错！"看到小傅诚心悔改的样子，唐老板的语气也温和了些，"现在你还觉得自己对这行懂得比我还多吗？"

"不，我现在才知道自己有多么愚蠢！"

"那你有没有觉得自己还嫩得很，要多学习学习呢？"

小傅可怜兮兮地点了点头。

"那好，你继续到砧板间里干活吧，在里面多待些日子，看看能不能学到些有用的东西。"

小傅顺从地走开了。虽然心情依然很差，但已经不似之前那般沮丧了。调整好心态后，便重新投入到了新的工作中。

三天后，陆师傅回到了铺子里，受到了大家的热烈欢迎。他似乎已经从那段可怕的经历中恢复过来了，除了眼角新添的几条皱纹之外，整个人跟被抓走之前并没有什么两样。他拿起一只小傅做的铜器，惊叹道："这该不会是你做的吧？"

老祖师插嘴道："您还别不相信，我真是怀疑这乡巴佬是不是要跟他的砧板结婚了！我这设计师的位置暂时还保得住，不过你要是再不加把劲儿,拿出点实力来,没准儿很快就要卷铺盖滚蛋啦!"

唐老板也加入到了谈话中来,说道:"老陆,看你重回铺子,我真是打心眼儿里高兴!你不在的这段时间,咱们这里一个过去挺糟糕的工匠可真是改头换面,重新做人啦,你看他现在这么出色,一定也觉得惊喜吧!"唐老板一边说着话,一边用眼睛瞄着小傅,小傅那龇牙咧嘴的开心劲儿全被他看在了眼里。停了一会儿,唐老板又接着说道:"小傅,你做完手头的活儿就来找我,还有其他任务要交给你。"

小傅做完手里的铜器后,陆师傅又一次对他赞不绝口。小傅找到唐老板,问他有什么事。

"我接到一个盘子的订单,"唐老板说,"买主出的价钱还不错,你要是有什么好的想法,不妨做出来给我看看。"虽然唐老板依旧是一副公事公办的样子,但小傅还是意识到唐老板对自己的惩罚已经结束了,又打算重用他了。不过,奇怪的是,小傅现在对焊接工作居然也挺有兴趣了,至少不会一见到砧板就心里发毛了。

当小傅把自己设计的草图拿给唐老板看时,唐老板极为认真地审视了一遍,说道:"就按图纸上的做吧,尽量把实物做出同样的效果。"

小傅满心愉快地投入到了这项工作当中,晚上在家的时候,脑海里还在反复琢磨这第二天要切割的线条。他就这么一门心思地忙着自己的设计,已然到了废寝忘食的地步。一天晚上,忍无可忍的傅大姐终于发火了,尖着嗓子冲小傅嚷道:"你脑子被狗吃啦?我今天都跟你说三遍了,山上的侄子又给我捎信了,说他家的那个老婆婆生病了。这次病得不轻,没扛住,昨天晚上没了。

明儿一早我就得过河到山上去，如果帮得上忙的话，我就留下来给他们搭把手。"

第二天早上，小傅把母亲要出远门的消息告诉了唐老板。"既然这样，你就索性锁了大门，住到我这里来吧！"当两个人单独待在一起的时候，唐老板对小傅说道。

"您的意思是，我母亲不在家的时候，我与您同吃同住？"

"没错！可你干嘛一副犹豫不决的样子，莫不是怕我把你吃了不成？"唐老板看着小傅，目光里流露出一丝友善的温情。

傅大婶在山上待了十天。十天里，每逢吃完晚饭，三个小学徒就各自起身，跑到旁边去玩耍。唐老板和小傅则坐在一起天南海北地聊到很晚，一会说政治，一会谈生意，还有他们相识后共同走过的岁月。唐老板拿起水烟管，回忆道："这十年，不，这五年里发生的事情，加起来简直比之前一百年发生的事情还要多。中国已经进入了一个新的历史阶段，我不清楚我们国家最终会走向哪里，但可以肯定的是，一旦我们克服了眼下的这些困难，一定会有一个稳固的新政府来领导我们，向前发展。中国几千年的历史都遵循了这样的规律，战乱动荡后，会有新的秩序建立起来。眼下也是一样。我已经活到五十岁了，或许在我有生之年，是看不到国家安定的那一天了，不过你一定可以，因为你还这么年轻。你今年多大了？"

"我已经十八岁半了。"小傅喃喃答道。

"哦，那也算半个男人啦！"

小傅抬起头来，一脸幽怨的表情，唐老板见状哈哈大笑起来："再过个两年，我才能把你当成一个真正的男人呢！"

"您这么说可真是抬举我啦，尊敬的师傅，"小傅的眼睛里闪烁着淘气的神色，"不过我觉得不需要这么久，说不定这几个晚上过后，您就会把我当成一个真正的男人看待了呢！"

"真的吗？那我可希望你能说到做到！"忽然，唐老板的表情变得严肃，"你有没有想过，成为一个真正的男人之后，要做些什么呢？"

"很久以前，我曾想过开一间自己的铜匠铺。不过，现在我已经不这么想了。一来，开铜匠铺要很多的钱，二来，"小傅的脸微微地红了，"我在这里待得挺好的。"

"即便是每天把你派到砧板间干活，你也觉得挺好？"

"是的，即便如此，我还是舍不得离开这里。而且，我觉得砧板间的工作干起来也蛮有意思。"

"只要用心去做，任何工作都会变得很有趣的。可要是好吃懒做，再简单的事情也会变得举步维艰。真正的高手，是那种能把自己不喜欢做的事情都做得有声有色的人，这个道理你得牢牢谨记。你刚刚说，你很喜欢这里，是吗？"

"是的，不过我喜欢这里还有别的原因。在重庆，您的铺子在铜匠行业里声望最高，铺子里的工匠也都是些技艺品性兼具的人，"小傅停了停，仿佛是在寻找合适的字眼，"而您——"他的声音低了下去。

"你是不是觉得我这个师傅也没有像你之前想的那么严厉啊？"唐老板若有所思地说，"之前，我曾经告诉过你，我信任你就像信任我的亲生儿子一样。这话可不是一时兴起，当你犯错误的时候，我会像父亲一样教训你，惩罚你。可看到你受罚吃苦的时候，我也会像父亲一样对你的痛苦感同身受。我一直小心翼翼地呵护你，看你成长，看你进步，"唐老板的眼神里流露出一丝温暖的笑意，"有时候，我看着你，心里总会涌起一丝不安和焦虑！你这孩子太过自负，又生性急躁，跟我当年很相似，而你的骄傲，假以时日的话，也会在日复一日的摸爬滚打中被粗糙的生活磨平。你也知道，从血脉这方面来说，我已经是孤家寡人了，而你呢，也只有母亲可以相依为命。如果在下面的一年里，你仍然能像个真正的男子汉那样去工作生活，我会把你收为我的义子。当然，你也需要为此吃一些苦头，我会让你肩负一部分我身上肩负的重担。那个时候，你在砧板间吃的苦头跟这些比起来，可真是小巫见大巫呢！"唐老板站起身来，放下水烟袋，伸着懒腰说道："唉！时间过得真快，已经这么晚了！我们俩睡眠不足的话，明天工作起来效率也不会高呢！"

小傅在唐老板身后默默站了起来："我不知道该说些什么好——"

"什么都不必说，"唐老板答道，"我可不是个迟钝的傻瓜，你要说的，我已经了然于心。"他抬了抬眼皮，做了个奇怪的表情，"好了，去睡吧！"

小傅一点儿睡意也没有，心怦怦地跳得厉害，他简直担心这响亮的心跳声会把学徒从睡梦中吵醒。倘若他真做了唐老板的义子，就会有源源不断的财富，这辈子非富即贵，没什么好担忧的了。不过这不是最重要的，重要的是，他知道唐老板是真心实意地喜欢他、欣赏他，这一点他丝毫没有怀疑。在铜匠铺的这些年里，唐老板一直在不遗余力地帮助他、教育他，努力把他培养成一个懂得事理、懂得担当的男人，在小傅的生命中，唐老板的关爱和帮助一直是他成长中一股巨大的推动力，推动着他慢慢走向成功。一定不能让唐老板失望！一定要让唐老板看到这份付出是值得的！唐老板！唐老板的义子！他一遍又一遍地默念着，他真是太幸运了！重庆城里有那么多年轻人，可偏偏是他，获得了这无与伦比的快乐！

五年前的那个傍晚,他第一次站在椅匠路夜色朦胧的街头时,对这个城市充满了各种期待和好奇。那时,他满怀豪情壮志,有股天不怕地不怕的劲儿,迫不及待地想着到这个灯红酒绿的城市大展拳脚。这五年里,他一直被命运之神眷顾,顺风又顺水,简直让人难以置信。当然,偶尔他也会做些荒唐事,每思及此,他都会切身感受到这个城市面目狰狞的一面,感受到那种一失足成千古恨的痛楚。不过,撇开这些不谈,他真可以算得上上帝的宠儿了。

他轻轻地爬下床,站到了窗前。透过紧锁的窗栏,看见夏日温柔的月亮高高地悬在浩渺的夜空当中。清冷皎洁的月光缓缓地倾泻在重庆千家万户的屋顶上,整个城市被抹上了一层柔美的

光晕。月色之下,这个城市所有的肮脏和卑劣都隐匿不见,连嘉陵江和扬子江那浑浊的激流都幻化成流光溢彩的滔滔大川。这超凡脱俗的月光,还要在这尘俗之地徘徊两三个小时,随后,清晨就将吹起它清澈响亮的号角,将人们从睡梦中唤醒,开始一天的工作。

想到这里,小傅的心仿佛在夜空中欢快地飞翔了起来。明天,傅大婶就会回来,与他分享这意外的惊喜;明天,他就要证明给唐老板看,他没有看错人;明天——啊,生活是多么美好啊!

国际大奖儿童小说系列

1 兔子山
2 胡桃木小姐
3 信鸽花脖子
4 居里夫人的故事
5 本和我：本杰明·富兰克林的传奇一生
6 牧牛马斯摩奇
7 杜利特医生奇航记
8 一岁的小鹿
9 城堡镇的蓝猫
10 耳朵，眼睛和手臂
11 卡利柯灌木丛
12 黑暗护卫舰
13 扬子江上游的小傅
14 美丽的乔
15 纳尼亚传奇
16 梅溪岸边
17 草原上的小镇
18 快乐的金色时代
19 银湖岸边
20 漫长的冬季